酒店

THE HOTEL

〔英〕黛西·约翰逊 著

邹欢 译

上海文艺出版社

献给 TC

| 目录 |

酒店　1
女巫　11
建楼　21
滋生　31
清洁　41
婚礼　51
大会　61
怪物　71
守夜　81
布里奥尼　91
闹鬼　101
母亲　111
故事　121
牧师　131
电影　141

酒店

THE HOTEL

以下是我们对酒店的了解：

里面比外面大。

不要进入63号房。

门窗不会停留在同一位置。

你说话时，酒店会听。

酒店在监视。

酒店知道你的一切。

酒店在你抵达前就认识你。

不同的人眼中的酒店是不同的。

我们很快就到酒店。

酒店很熟悉。

酒店是小巷中的陌生人。

很难在网上找到有关酒店的信息，需要一定的耐心。描述酒店的语言艰涩难懂。充斥着各种故事的网站出现，但很快页面就会有缺失，句子没头没尾，缺少标点符号。在一本关于英国闹鬼建筑的书中，有一章是关于酒店的，但它在出版前被撤下，从未有人读过。酒店的照片总是会丢失。不过，我们还是有可能找到一些小片段，在历史中寻找踪迹。

在成为酒店之前，这片土地上有一个农场。一栋小楼，最多养几只鸡，或许还有几头猪。该地区的死亡记录显示，没有人在农场长住，不幸的事故和死产时有发生。农场是某个家族传承下来的，他们的不幸一定很沉重。在农场被大火烧毁、土地出售及至建酒店之前，有一个女人住在这里，她是一位家族后人的妻子，后来也死于此地。这个女人似乎在周边地区声名狼藉，她有预言的天赋，邻居们对她怀有疑心。接二连三的儿童死亡事件被记录在案，现在看来原因可能是农场污水进入水源，在当时却被归咎于这个女人。这个女人没有孩子，她又不是本地人，这让她成为嫌疑人，以至于她被淹死在农场后面的池塘里。溺水前,她在房门上划了几个字。上面写着:我们很快会相见。

这家酒店展现出来的东西或可被描述为个性特征。它似乎很了解在墙内来往的人们。也许不为人知的是,酒店似乎在收集人类,它有一种有时令人无法忽视的磁性。酒店的诅咒可能完全归咎于在那里遇害的无名女人,但更有可能的是,任何不幸其实都来自大地本身,而她只是第一个注意到的人。

酒店的建设问题重重,而且在很长一段时间内,看上去都无法完工。地面泥泞,吞没了地基;脚手架倒塌时有发生。前一天被挖掉的树木在周末又重新长出来。尽管如此,建筑还是在一九一九年竣工了。哥特式复兴的建筑风格;长烟囱,窄窗户,上方有拱形装饰线条,削弱光线的彩色玻璃,还有一个果园。一切都从这里开始。

二十世纪五十年代,一位以委婉的自然诗闻名的诗人写了几行关于酒店的诗句,嵌在一首关于失恋和自杀未遂的古怪长诗中。诗中,酒店是一个短暂的、近乎神秘的、危险的地方,它以不同的面貌在历史中重现。一年后,诗人继上次失败后,成功在北诺福克海岸附近的海域溺水身亡。她当时住宿的地方有一本笔记本，上面有一些零碎的文字，一些用钢笔潦草涂抹的图画，其中最独特的当数酒店，从画中尖锐的烟囱可以辨认出来。在这些图画下方，诗人写道：我很快就到。

二十世纪九十年代初，酒店或酒店附近发生了一系列事故。一位较为知名的已婚政治家，他的女友被发现锁在酒店的一个房间里，她饥肠辘辘，目光呆滞。一群在当地森林露营的小学生迷路，当他们被找到时，似乎已经失去了说话或理解语言的能力。更多的是小事件，层出不穷：房间钥匙嵌进了手掌的肉里；在酒店工作的人从楼梯上摔下来或被锁在电梯里。酒店因翻修闭店一年，当它再次开放时，有一段时间什么都没记录。酒店不再是上流社会的聚集地，而是婚礼、周年纪念和工作会议的热门场所。

酒店似乎是季节性的，有时是周期性的，多年来一直相对平静，然后又出现骚乱。目前还不清楚这些情况是否由任何外部事件引起，也不清楚酒店是否对政府或和平的变化、气温上升或当地捕杀獾的情况敏感。

但可以肯定，酒店对每个人的影响并不相同。对有些人来说，来这里游览并不会看到异常。从酒店坐火车到剑桥或海边都不远。冬天，酒吧里会点起大火堆，房间里也很暖和，浴室的门后挂着浴袍。早晨，报纸会放在门外，还可以在床上点早餐，鲜橙色的蛋黄来自街头的农场。还有当天新鲜的牡蛎。有时枕头上还会有小惊喜：巧克力、花园树上结的苹果。一条网上的评论说：我真的需要休息一下，这家酒店太完美了，我休息得很好，心情也平静了许多。一条网上的评论说：这是她去世后，我第一次见到她，她看起来还是老样子。酒店的肥皂是在科茨沃尔德熏衣草农场制作的，咖啡是公平贸易咖啡，搭配当地牧场的牛奶。一条网上的评论说：下次我们一定要住 63 号房。对有些人来说，他们可以来这里旅游，满意离开，期待下次再来。而对另一些人来说，情况并非如此。很难确定哪种类型的人会光临酒店并一睹其真容。他们通常性格孤僻，与家人分开或喜欢独居，对社交场合感到不安，在人群中容易紧张。许多人酗酒或失眠，有强迫症倾向。有些人很执着。还有一些人不喝酒，他们和家人或朋友一起来，喜欢人多的房间和长时间的电话交谈，他们也会听到酒店里的电视有时互相说话，窗户会在夜里移动。

抱着肯定安全的心态去酒店是不可能的。这样做并不明智。

很难解释人们为什么要来酒店，尽管大多数人都知道围绕着酒店的传说。酒店被列为英国闹鬼最凶的建筑之一；关于酒店里动静的记载广为流传。对许多人来说，仅凭这一点就足以成为参观的理由——出于病态的好奇心或不信邪——但对一些人来说，那些在酒店附近工作和生活的人，总是会问为什么。为什么他们不离开？为什么他们总是一次又一次回到这个显然令人不安，对某些人来说还很危险的地方？只有那些没去过酒店的人才能问出这个问题。去那里，哪怕只去一次，也会有一种类似潮汐引力的感觉。去过一次之后，不仅身体很难不再回到那里，似乎思绪也很难不飘向那座黑暗沼泽地上的高大而灰暗的建筑。

二〇一六年，酒店闭店三年。虽然偶尔会有一些感兴趣的买家，但酒店的名声在外，最终没有成交。大自然迅速收复失地。常春藤破窗而入，在天花板和烂地板上肆意生长。老鼠在墙壁里繁殖。夏天，青少年会闯进来，在阴暗的房间里生火；冬天，无家可归的人有时会在花园里搭帐篷，或者紧张地跑进屋里寻找干燥的地方。有时，流浪狗或流浪猫被困在里面，再次出现时牙齿毕露。偶尔也会有对神秘学感兴趣的团体或寻求刺激的流浪情侣闯入。

二〇一九年，酒店被烧毁。从公路上就能看到熊熊大火。消防车赶到时，大楼内部已烧了个干净。在酒店余骸里，一簇柳树下埋着一台摄影机。录像的一部分被毁，但看得出是一群拍电影的学生在大楼被毁前一周闯入大楼拍摄的。这些学生还未找到，而镜头拍到的画面里也没有任何线索，戛然而止，因此无法确定是否是她们放的火，也不知道是谁放的。影片中的学生都很兴奋，有时我们能听到她们互相呼唤或对观众说话。随着她们在酒店中走动，录像似乎出故障了，我们所看到的也变得模糊不清。在影片的最后，我们看到了一个房间的画面，白色的墙壁潮湿，发霉。在浴室的浴缸上方，镜头在一些涂鸦上停留片刻，一个短句清晰可见：我很快就到。

几乎不可能将所有关于酒店的故事进行整理和逻辑归纳。从开端然后到找到某种结局，一个宣泄的时刻。这个开端包括了什么呢？一个住在离酒店一百英里远的女人做梦，梦见她在一栋高楼里走来走去，打开一扇扇门，却发现还有更多的门。康沃尔托儿所的一个男孩画了一扇红色的门，上面写着数字63。一位女士在去世前一天写给儿子的电子邮件，她在邮件中反复说：我很快就到，我很快就到。位于伊利的大教堂偶尔报告称，在夜里神坛前出现了幻象，是一间酒店房间，床铺好了，电视开着。

如果一个开端被启动，并以某种方式取得了成功，那么结局又在哪里呢？酒店是否有可能在被烧毁后就不复存在了，或者说，这片土地本身是否更有可能拥有某种令人望而却步的身份？现在那里生长着什么？什么都没有。地上有什么门？很多扇。尽管酒店不复存在，但是否有可能在某些日子里仍会闪现令人心颤的残影，一幢建筑，高耸的烟囱，敞开的前门？

这还不是结局。时间到了，暂且开始吧。沼泽地酒店的十四个故事。

女巫

THE WITCHES

　　我丈夫把我带到这个农舍做他的妻子,虽然我不是在这里出生的,但我将在这里死去。

　　我的名字叫玛丽·索思格雷夫斯,各方面都很普通,只是我从小就有预知未来的天赋。这种超乎寻常的知识让我的母亲感到害怕,也让我的父亲感到愤怒。这些真理会在梦中或强烈的日光下大声灌输到我的大脑或成文成句地从我嘴中说出来。当我结婚,来到这片平坦的地方时,我已经学会如何保持沉默,我的丈夫不知道我能在牛奶凝固之前就看到它凝固,我还能看到农场的老猫什么时候会死,怎么死的。如果可以，我愿意保持沉默，但这片土地让我原本渺小微弱的力量变得强大，而这座农舍就像一个阴郁的恶魔，利用我的能力，攫取我的预言。我在这里有执念，发现自己难以约束；更糟糕的是，我发现预言来得如此强烈，时间变得静止，几乎无法分辨现在和未来。

在向我描述农舍时，我的丈夫把它说得比实际更大，更气派，虚报了房间数，在只有冰冷石头的地方创造了温暖。有一个厨房，里面生着冒烟的火，还有一张桌腿不齐高的木桌。还有一间没有窗户的卧室，冬天的时候我们和鸡共用这间卧室。厨房外是一个洗碗间，我不去那里。这就是我的牢笼，窗外是沼泽地，大片黑暗的田野，猪住的谷仓和我将丧命的池塘。

我的丈夫是个善良的人，但在过去的几个月里，他开始害怕我，我知道他去和其他男人、所有农民谈论这种恐惧。我忍不住告诉他我看到的一切，告诉他他犯的小错将导致农场的荒芜，告诉他悲伤将主宰他的生活。我还忍不住对那些有时来找我闲聊或要免费鸡蛋的女人说了实话，她们已经开始和我保持距离，对我戒备且厌恶。我知道她们在村里说我的坏话，有时还在洗衣日指使她们的孩子来把我晒的床单拉到泥地里。她们说话刻薄，但这并不妨碍她们在有了孩子、睡不着觉或怕到不行时来找我，她们只想知道，这种预言会给她们带来安宁，还是只会带来绝望。她们在夜里来，不点灯，用指甲刮厨房的窗户，我和她们说话，在黑暗中不露脸，她们留下面粉或几袋土豆作为报酬。白天，她们把脸别开不看我，大声叫我的名字。

有一段时间，我和丈夫小心翼翼地把爱放在我们之间，就像一篮子鸡蛋。当它被颠簸时，他会把它放平，而我会移动我的臀部，让我们保持平衡，给我们幸福。我们时而用手捧起这份爱，感觉它温暖了我们的手掌，我想起了他带浅浅酒窝的脸颊，想起了他粗糙的拇指指腹。农舍出现在我们前方的平地上，他托着我的脸，谈起孩子，谈起即将到来的漫长生活。我知道我们不会有这些，农场下面的土地充满了仇恨。我的丈夫自豪地带着我参观了这座建筑，当我们来到洗碗间时，我感到了从未有过的恐惧，一股强大的波动让我噤声。洗碗间很小，里面有放果酱的架子，地面是泥土地，下面经常有动静；鼹鼠在那里刨土，留下土堆。我丈夫高兴地说，他母亲住在农场的时候，曾在架子上摆满了 63 个腌制水果和蔬菜的罐子，那是一个巨大的数字，这个数字响彻我的全身，刺痛我的牙龈，我看到那 63 个罐子一个个被砸在地上，我丈夫的母亲的手腕被撕裂，就像被玻璃咬了一口。从那以后，我就把那间屋子当成63，再也不愿进去。这个数字在夜里浮现，我不得不用枕头闷住脸，阻止自己把它说出来。

我不知道这片土地怎么了，但它有某种吸引力。我一直希望死后能回到我出生的地方，但现在我知道，我将在这里徘徊，日复一日地走我生前走过的路。据说，尸体在这块土地上不会腐烂，而是会保存下来，也许这就是这个地方召唤死者的原因。我想，我很快就会到那里，我将看到成群结队的逝者，他们像动物一样聚集在这个狭小的空间里，把扁平的脸贴向活人的世界。有时，我很向往这种生活，尽管它并不安宁，也不平静。

一天晚上，我梦见水里有疾病。水井淤塞，河流从上游带来了瘟疫。我烧开井水，并试图向我的丈夫讲述这种对年轻人和老人特别残忍的疾病。他低头面向餐桌，吃他的早餐，看也不看我一眼，每当我说起他不相信的事情时，他就会这样做。我提着一篮子面包，来到位于这里和村庄之间的田野对面的其他农舍。孩子们看到我来了，就跑到他们的母亲身边，嘴里喊着我的名字，母亲则双腿固定在原地，看着我，直到我走近。我给他们面包吃，她们就会变得和和气气，但当我说到疾病时，她们就会生气，不愿和我说话。我看到孩子们的脸，他们将像明亮的星星一样死去。这些女人不信任我，因为我过去没有，将来也不会有孩子，但她们自己的孩子现在平静地走向死亡，她们却无动于衷。

这片土地上存在着某种魔性，某种不平静。我很清楚，有些地方和人或动物一样具有个性，这就是其中之一。这片土地和我有一些相似之处，这片土地和我一样能预言，这片土地能看到一切，它能看到我们和前方的一切。我在这里很害怕，很想离开，但那并没有发生。

第一个孩子生病了，消息传了开来。病情很严重，孩子晚上就死了。我们对这具曾是别人孩子的尸体哀悼。我们把它埋在土里，一个月后，它将肿胀地浮出地表。母亲在深夜来到我们家，她哀伤的肉体猛拍我们的门，想把我叫出来，我丈夫为了保护我，把我锁在洗碗间里。我坐在那里，闭上眼睛，两手捂住耳朵，听到丈夫死去的母亲，她数着那63个罐子，我等她发现我在那里。

死了很多人，墓地也满了。我在去村子的路上被人围

17

住，被打得浑身是血。他们想夺走我的舌头，但我逃开了，回到家时，我的丈夫不愿看我或和我说话。他们认为我的话害死了孩子，我无法说服他们事情其实恰恰相反。我醒后，我又在洗碗间里，玻璃在我手中闪光，我把它抵在我的喉咙上。这里有63个罐子，这就是63种恐惧的房间，全都在喧哗，全都那么吵闹。我将回到这个房间，也许这个房间只通向地下。

洪水，刚死之人的尸体又浮出水面。我们悲痛欲绝。尸体的面容就像熟睡的人一样，仿佛他们回来只是为了再看我们一眼。我们的谷仓被点燃了。

一天早晨，我醒来时发现我的丈夫不见了。现在和未来是亲密的朋友，手攥着手。土地发出一种歌声，从地里传出进入我的身体。我做面包，想通过揉面找到一些平静，但面团是酸的，发不起来。我看到死者的世界穿过煤炭般焦黑的田野向我走来，我的舌头尝到了池塘里的水。我想留下一些爱的痕迹，一些我的真诚付出。我拿起面包刀，走到前门，在木门上刻上我的名字，我丈夫的名字和我母亲的名字，这些都是我努力去爱的人。但当我退后，我并没有写下这些字，我被欺骗了，我写下的是：我们很快会相见。我知道这句话意味着我是对的，我会回来，我会在这里流连。

　　我看到农民们来了。他们从各个方向过来，想堵住我的去路，但我不会逃跑。真希望我的丈夫在这里，这样我就能告诉他我很抱歉，我仍然小心翼翼地抱着那篮鸡蛋，即便他不再和我一起抱着它。他们拽着我的胳膊和头发，我们像怪物一样一起走向池塘。我拖着的双脚被提了起来，我被拉着向前走。在我们行进的过程中，我瞥见了可能是超越我自身未来的一种未来，一个强烈的画面，距离我很遥远，被阴影笼罩。农舍曾经的所在地上还有一栋建筑，一栋高楼，有长烟囱和警惕的窗户。我们现在来到了池塘边，当我被推到水里时，画面消失了。我的嘴里有淤泥，眼睛也被淤泥遮住了；我看不见自己的手。池塘底部有一扇门，我发现自己有一串沉重的钥匙，可以打开这扇门，我从自己的身体里脱身，穿过门，在身后将它关上。

建楼

THE BUILD

  我的工作是在沼泽地上建一家新酒店。当地人都说这项工程已经快黄了，厄运连连，钱都打了水漂。很多男人都与它保持安全距离，所以工人组成都乱七八糟的：一个独臂男，一对青少年双胞胎，醉汉，背负秘密的人，独来独往的人，还有我；一个急需钱用别无选择的女人。

  我从未来过沼泽地。我惊讶于这里泥土的颜色，仿佛黑暗从天上溜了出来，填满了土地。我生于约克郡，而这地方没有山丘，在我看来就像病了一样，太平坦了，运河像是地上挖出来的用于输送血液的动脉。我瞥到过酒店的规划，是的，它会是宏伟的，哥特风，适合各类人群入住。现在还难以想象酒店会是什么样。雨像幕布一样下，旧池塘的水溢了出来；我们被淹了，靴子都湿透了。我们正在清扫场地，为打地基作准备。我们弓背工作，保护我们的脸。工头抱怨工地上有女人，但我们在雨和烂泥里看上去都一样，我努力工作，不说话。我的手臂很强壮，我会用我的手臂向他们证明，我能干这活。

地面被灌木覆盖，树木的根茎粗壮，我们把它们撅起来时感觉就像谋杀。池塘的水需要抽干，然后填平。这是个湿滑、恶心的地方；滑腻的石头，没有鱼，只有油腻腻的水和尖利到足以割破皮肤的芦苇。金主开车过来查看进度，虽然目前并没有什么进度。他们躲在雨伞下，不和我们说话。我们是沼泽怪物，他们中的一个已经离开了，他说这是一项不可能的任务，项目资金远远不够。剩下的我们更卖力工作，每个人都有自己的理由需要留在这里，而不是待在暖和的地方。

我们在地势稍高处扎营，但雨还是从帐篷底部漫进来，我浑身湿透地醒来。我能听到青少年双胞胎在低声交谈。我想他们是离家出走的，他们的眼睛总是转来转去，好像能看穿彼此的后脑勺。夜里闹了一阵，一声尖叫，随后是风声，接下来是一声恐惧的低吟。早上，独臂男说他出去排空自己时，看到池塘边有光在浮动，光在地面上跳动，但似乎并没有让光跳动的设备。相比其他人独臂男对我要更友善些，他说话时我认真听，而其他人则吐口水取笑，他们一致决定独臂男是在做噩梦。

我默默工作，比其他人做得更快，更好，他们都在抱怨壕沟足①。工头注意到了我的工作，我看到他在看。我把树撅起来，切成木块，它们以后会在酒店的大壁炉里燃烧，为客人供暖。工头把我叫到棚屋里，摸了摸我衣服下的乳房，我们尴尬地站着，然后我回去工作。并没有什么进展。我们在恶劣的天气里勉强前进。我们在及小腿深的水里蹚过去。

再一次，晚上出事了。我听到独臂男在大喊大叫，双胞胎也用尖厉、害怕的声音回应，然后我走到黑暗中，踉跄摸索。所有人都出了他们的帐篷，我们撞到一起，摔倒了，在远处，我觉得我看到了一道刺眼的光，它从地底升起。有人大吵起来，几乎到了动手的地步。独臂男可能喝醉了，我碰到他的额头，上面黏糊糊的全是汗，说话含糊不清。工头早

---

① 因在冷水或泥水中浸泡时间过长而造成足部面黑，表皮组织坏死。

上来时，五个男人里三个较为迷信的走了，钱也不要了。我在独臂男旁边工作，他告诉我别靠近池塘，我追问，他又不愿意多说。那天我们干得很卖力，我们所有人都闷头干，一句话也不说，天黑前场地清理完毕，只剩池塘还没处理。我们必须把水抽干，把土填上，然后打地基。混凝土一周后会到，我们得作好事前准备。

运来的抽水机坏了，怎么都修不好，后面换了台新的，还是一样。工头怒火中烧。换了台新机器结果还是没用。独臂男看着这一切，我则看着他。他眼里反射出来他那晚看到的东西，不管是什么，那东西让他生病了，他的手指蜷曲。曾经像鸟一样叽叽喳喳的双胞胎现在沉默憔悴。我想让他们振作起来。我不信鬼也不信命。后来，我会后悔这么想，会知道应该在还能离开的时候脱身。我们说笑话，保持好心情，甚至连独臂男都露出了一抹微笑。

发生了争吵。我们要下到池塘里去——他们说水不深——用桶舀水。我们要将身体当作机器。他们给我们带了高筒防水胶靴穿，但很多人不愿下水。他们看到过那道光，他们说，他们听到池塘有时会冒出说话声，叫的是他们的名字而且似乎认识他们。我没听到过，我也不确定有没有看到光。我拿起水桶，一起下水的还有双胞胎，别人说什么他们都照做，就像两只担惊受怕的狗。这是一个吃力不讨好的、不可能的任务。我站在池塘最深处，水几乎没过我的下巴，用水桶把水送到岸上，岸上的人再送回空水桶。在这里，不可能不去想淹死的事或曾在这里淹死的人。我感觉自己在水里像个女人，我很少有这种感觉，而且我知道当我们淹死时，我们并不会有什么不同。

又是不平静的一晚。我们需要睡觉，但总是被剥夺睡眠。我双臂抱住独臂男，他的眼睛越过我的肩膀，似乎看到了什么。双胞胎靠在一起，出神地望着，彼此低声细语。当晨光初现，大家松了一口气，喝咖啡，吃热鸡蛋。其他人开始憎恨独臂男，他们害怕，把自己的恐惧当作尖刀利刃使。我们只剩绝望。独臂男把嘴贴到我的耳边，告诉我他昨晚看到池塘边有个女人，她提着灯笼看他。"这里的死人回来了，"独臂男说道，"我觉得我们也会很快回来。"

我们工作了很久，一刻都没休息。池塘让我们害怕，我们像将沉之船上的水手一样舀水。独臂男看到了什么的事被传开了，我看到有些人怀疑地看我。他们觉得我就是水边的女人，或许；他们不喜欢我。即便和我关系见好的双胞胎也跟我保持距离。午餐时，工头不像往常一样把我带去他的棚屋，这至少让我轻松了点。我真想放下女人的这份重担，这些我扛上山的沉重的袋子，真想休息哪怕那么一刻。我的手臂很强壮，但当我在池塘里失去平衡，落入水下，有那么一刻，我觉得有人在往下拽我。

傍晚是轻松的。有人找到了烟花，它们升到空中蹦出红色和蓝色的花火，再朝我们落下，有个人的胡子着火了，大家都笑了。放松。双胞胎给大家跳了一支奇怪的舞蹈，他们手臂勾连跳跃、甩身，然后下蹲起跳，再重复。独臂男唱了首歌，念了粗俗的打油诗，引得我们哄堂大笑，那时候，我们轻松地忘记了我们湿漉漉的绝望。

哦，好吧，关于池塘不浅、实际深陷的梦境，我在其中游泳或沉落。通过梦境，我知道了不该知道的东西，我明白自己不该留在这儿，我必须走，这地方病了，如果我再多待一会就再也走不了了。通过梦境，我看到可能是未来的东西，或者是诸多未来的其中一个，酒店露出宽大的满是獠牙的笑，它心思狡猾，就像一个长大了的孩子。在梦里，我告诉自己务必记住这种要离开的迫切，早上立刻动身，别有任何拖延，但等我醒后，梦只是梦，我跟往常一样需要挣钱。

又过了一天，我们有了不错的进展。池塘的水舀完了，我们在地上找到了旧时回忆：鞋子，钥匙，农具。我们舀得很快，传递水桶，心里想着水泥地基。我的下一桶很沉，把桶抬起来时，我看到淤泥里闪过白色，我们一边传水桶一边传话，桶送到岸上清空后，我们都知道我舀出了白骨。我听到有人说了我的名字，在挑拨离间，但我看过去时他们都没在说话。

我们围着池塘所在的那个坑口，用泥土填坑。现在进展迅速；新的水泥已经到了。我们都松了口气，大笑，握手。

夜晚像毯子一样到来，我们在这样的夜里忘了害怕。尖叫声、大喊声，有人举起我的帐篷，把它和地面彻底剥离，有人在我耳边说：你们不许在这里建楼。他们喊叫着说有个女人在他们之间移动，然后我被抬起来走，他们在拉我的手臂和小腿，突然间，我想起来我在梦里是多么坚决地想走。他们在叫我的名字，就像诅咒一样，他们的拳头落在我的脸和肚子上。我看到双胞胎的拳头用力地砸到我身上，独臂男愤怒地号叫，在我面前的黑暗中，我看到一栋建筑的形状，烟囱高耸。

| 滋生 |

INFESTATION

　　小女孩在酒店的所在地拔起一根苹果树的枝条,她双手合拢,拉着枝条前前后后地摇晃。这是一九六八年的夏天。她的父母在附近的草坪上,看报纸,喝咖啡。女孩的下发颤抖,树吱嘎一声,枝条断了。

　　酒店洗衣房的一面墙虫患滋生。女孩看着这些人,新奇的装置,面罩。她跟着他们,闻他们的气味,想问他们是什么虫,但没有问。

　　她很挑剔。在酒店餐厅,她吃吐司和土豆,但不愿意走近自助餐台，那里沉甸甸的，色彩丰富。第一晚，她的母亲从自助餐台拿了点食物让她试吃，那时她一看食物就快吓疯了，恶心的粉色海鲜，缠起来的肉片。那之后，他们就放弃了，大多数时间她不会被注意到，着迷地观察别人吃了多少。晚餐后，她的母亲带她上楼，读了半个故事，然后亲亲她的额头，下楼去。"鸡尾酒时间，"女孩说道，"鸡尾酒时间。"

她努力按大人说的待在床上，但天太热了，被子的三边都掖紧了，虽然她数了羊——这也是大人说的——但它们的颜色不同，面带獠牙，还长了翅膀，让人分心。

穿工作服、戴面罩的人打扰了我们，为聊表歉意，酒店赠送了他们纸灯笼，灯笼在黄昏时点亮，飘到渐暗的天空中，飘走了。

第三晚，她噗的一声摆脱束缚。在房间里溜达，把浴室里成排的卫生用品弄出小声响。通过门上猫眼传来的光线在她的脚上交叉。她进入走廊。亮得刺眼，每一扇门都漆成了不同的颜色，墙面是红色。她翻起跟头，用脚掌抬高身体，头保持在脚后跟上方，把裙子缠起来。她试了试几个门把手——甜美的恐惧——有些门一开始是关着的,但接着咔嗒一声开了,仿佛是门的另一边有人打开的。大家要么在喝鸡尾酒要么在睡觉,都没发现她一点点挪了进去,双手在嘴边攥拳。

第二天,她累坏了,脚都站不住了。"脚都站不住了,"她大声说道,"脚都站不住了。"那些人又来了,穿塑料工服,带喷雾剂,套了扎紧的鞋套,大笑着,完成工作后累得站不住脚。她想象他们在墙上一个人形大小的洞口钻进钻出,跳进去,屏住呼吸。她懒洋洋地在草坪上躺平,被她的母亲斥责了,她想知道为什么她一整天什么都不做还会那么累?

接下来的一晚,她的父母待在房间里不走,在阳台上抽烟,涂口红。她假装睡着了,等不及让他们出去。空气里有香烟和香水的臭味,浴室地板上有一瓶砸碎了的金酒。他们大步走到镜子前,似乎快要离开了,然后又分心了,开始找钥匙和手包。最终,他们走了。她急忙起身来到走廊,无拘无束。趴到地毯上,然后抬头看;楼梯井传来说话声。她的房间,遥不可及,门上的号码游到了一起。说话声听上去像她的父母,但每个大人听上去都像父母,故意瞒着她什么,无聊。她来到最近的一扇门,在她靠近时,门似乎咔嗒一声开了——她觉得就像魔法——压下门把手,走了进去。蜷缩着,她闭上眼,等待。说话声沿着走廊过去了,寂静。当她睁眼时,有人在那里,在床上,坐了起来,一缕头发,圆圆的眼睛,小手攥着被子。"你好?"女孩说道,她想她可能找到了另一个自己,或者至少是更听话的一个版本,仍在熟睡,按大人的话照做。另一个人瞪着眼,然后说道:"你是谁?"

她叫雪莉。第二天她们在花园里又见面了,神神秘秘的,把她们的白裙子染成了绿色。女孩可以感知到她的父母——宿醉——观察着。雪莉脖子上挂了一副沉沉的望远镜,女孩问她的父母是谁,她模糊地指了一下,指向好几组大人,他们在草坪椅上精心打扮,展开他们的报纸。女孩也有同样的感觉。她们互相试探。雪莉拉了拉女孩的头发,女孩把蚯蚓塞到雪莉连衣裙的口袋里,她们用望远镜瞄准彼此,想要找到对方的弱点。她们爬上一棵苹果树,膝盖擦破了皮,两手乱抓,然后一起摔了下来,望着彼此,想看谁先哭出来。二人都没有。午餐时,她们坐在各自的餐桌边,不说话,不吃东西,几乎没人在意。女孩跟她的母亲说,雪莉说她讨厌她的父母。但她的母亲似乎没听见。女孩嘴巴张开又合上,心想或许雪莉不是真实存在的,只是她为了打发无聊而精心创造出来的想象的朋友。又或许雪莉是酒店给她的，就像她打开上锁的浴室门一样，使用的是同一种魔法。到底是哪种情况，她不在乎。

日子倏忽而过。她们一起行黑暗之事，躲在空无一人的餐厅餐桌下，溜到吧台后，把装满酒的酒瓶蹭得在台面上摇摇欲坠，偷偷吸吮柠檬，直到她们的脸颊酸疼。她们把战利品藏在裙子柔软的褶皱里，再埋到花园里：前台里的钥匙；一位老太太外套口袋里的薄荷糖，她把外套忘在座椅上了；一条项链，可能是她们两位母亲中的一人的。

\

那晚午餐后，她们的父母去了酒吧，她们向对方发起"敢不敢"的挑战，勇闯客房，在浴室留下脏脚印，用窗帘围住自己。一间客房里，一个女人睡着了，她戴着眼罩，嘴巴张开。她们站在她两边。

第二天——好累——雪莉有点烦人。她们躺在草坪上不说话，偶尔，女孩从她的眼角瞥到雪莉在走动，一边微微抽搐或打嗝。女孩想让雪莉走开，别再回来了，但她不知道要怎么做。午餐，她一把一把地吃咸花生，吃得肚子疼，她的母亲生气了，告诉她如果没有自制力就不准吃晚餐。自制力,自制力。"我很无聊。"她回答道,希望他们可以关心关心她,这样她就不用再见雪莉了,但她的母亲只是闭上眼,说只有无聊的人才会无聊。

工人走了,但现在又回来了,虫患没有解决。雪莉和女孩用望远镜观察他们,窥探他们的厢式货车,里面有各种她们不认识的器具,会发出声响的塑料膜,外包装恐怖的毒药瓶。"你敢不敢喝?"女孩说道,雪莉假装勇敢,拿起一瓶,把盖紧的瓶盖抵住她的嘴。她很有趣,她很讨厌。工人午休吃饭时,两个女孩悄悄摸进楼下有虫患的房间,是洗衣房,里面有成排的洗衣机,地面上撒了一层白色粉末。墙上的洞比女孩想象的小得多,是她或雪莉蜷缩起来的大小。她们往里看。有蜂巢,层层叠叠,挤在一起。雪莉双手盖住面部,当女孩闻到她自己手指上潮湿的气味时,她意识到她也在做同样的动作。工人捣毁了一些巢穴,但还有一些是完整的。女孩说道:"你敢不敢碰?"但雪莉不愿碰。"我不能跟你做朋友了。"女孩说道,雪莉瞪着她,眼睛就像望远镜一样,嘴唇噘起。

这天剩下的时间里,她远离雪莉,闹她的父母,在花园里气鼓鼓地坐在他们脚边,摘树上的苹果给他们或给他们特定形状的石头,不过他们看不出石头的形状有什么特别的。晚餐时,她闯祸了,她的叉子掉在地上,她不肯捡起来,被早早带回房间睡。"讲个故事吧。"她可怜巴巴地在上浆的被子后问道,但她的母亲说只有乖孩子才有故事听,拒绝了。她气愤地躺着,在床上踢来踢去,拉扯自己的头发。她想象雪莉晚餐时的样子,礼貌,乖乖吃饭。

楼下的洗衣房里,工人留了一些他们的设备,还搬了砖头下去,要把墙补上。洗衣机看上去像蜷起的穿白色连衣裙的女人,带旋钮。雪莉已经在那里了,在黑暗的角落里神出鬼没。她们抓住对方的手臂和肚子,掐紧,拉扯皮肉,等待对方求饶。女孩口袋里装了花园里的石头,她的牙齿黏糊糊的,上面沾了没吐干净的牙膏。雪莉一尘不染,湿发,鼻孔是粉色的而且干净。女孩两手各抓一块石头,双手藏在口袋里,然后伸出手,举到她面前,手握拳。石头感觉很光滑,仿佛不存在。"如果你挑中有石头的那只手,"女孩说道,"你就进墙去。"雪莉似乎很不服气,也不在乎。她的身体散发出自助餐食物的气味,一堆堆的食物。雪莉碰了碰女孩的一只手,她们一起看到手掌中躺着一块石头。女孩想收回手,给雪莉看她作弊了,两只手里都有石头,她根本不可能赢。但她不知该如何停止已经开始发生的事情。墙上的洞是一只熟睡的大猫的形状。雪莉蜷缩身体向前，收起她的手臂，轻松地钻进了洞口，虽然她一直保持不舒服的蜷缩的姿势，膝盖顶住下巴。在墙里，她的脸看上去不一样了：熟悉的，圆圆的，放松的。女孩拿起地上的砖块，叠加到已经垒好的砖上，渐渐地，雪莉看上去越缩越小，楼上传来鸡尾酒时间的声音，这一刻——这里、这里和这里——本可以停止，但并没有。砖块很沉，女孩的手臂都痛了，她一直在想手臂很痛这件事，最后惊讶地发现只剩一块砖的空隙了——雪莉的眼睛透过缝隙，圆睁——然后，不留一丝空间。

早上，她的母亲心情不错，给女孩上了蓝色的眼影，还说她们今天一整天都玩游戏。女孩等待雪莉被人发现或雪莉父母愤怒地出现。每个人都在敲开他们的水煮蛋。有人在放声大笑，她在找是谁，但她分辨不清笑声从哪里来。

清洁

CLEAN

我叫格雷斯，我在酒店工作，因为我别无选择。我的父亲快死了，虽然我们之间已经没有爱，但我还得支付他养老院的费用。我真希望我能离开这地方，但我不觉得自己能做到。

不工作的时候，我们在几个空房间里玩通灵板。通灵板是斯佳丽和她的女儿做的，她们把燕麦片盒子裁成几片，盖上橡皮章，然后我们用烈酒杯问有关酒店客人或我们自己的问题，我们即将崩溃的恋情，我们内在的痛苦，我们还能活几年。每个人都知道通灵板会说谎。有时候，我们数不清出现了多少字母，信息很混乱，就像电台或对讲机之间缺失片段的信息。我们趴在房间地板上，杰在外卖菜单上圈出我们要点的菜，然后去取餐。有时候，我们不向通灵板提问，而是对它倾诉。有人在听的感觉很好，斯佳丽讲她女儿的故事，她们早早辍学，在屋子附近闲逛或消失几天后，顶着荆棘丛般的头发、穿着破洞丝袜出现。杰讲她在客人离开后，在床底下或浴室垃圾桶里找到的东西——这些奇怪的礼物——袋装向日葵种子，一支高档钢笔，有一次塑料袋里装了一条金鱼，她把鱼带回家养在床头柜上的碗里。我尽量不告诉通灵板任何事，但有时候——春卷和宫保鱼吃多后——我会说漏嘴，发现自己在对它说话。大多数时候，没什么好说的，但我会聊网恋对象，早上醒来时寒冷的天气，新闻报道。我会聊我刚结婚的姐姐和生病的父亲。我们把外卖的脏盘子推到床底，虽然最后还是我们——几小时后——清理它们。我们钻到被子里睡觉，有时候烈酒杯会自己悄悄动起来，在我们碰不到的地方，我们高兴地大声提问，但看不见答案。

在酒店工作的第一周，我什么都不懂，虽然本地人都听说过相关的故事。我还没有见过斯佳丽和杰，我不清楚规矩。不是管理上的规矩，而是大楼的规矩，它们不同寻常，而且常常变化。其中很多规矩类似：假装你没看到。有些规矩类似：跑，马上。第一周，我带着恐惧兼汗水的臭味，有时我张嘴尖叫，但什么声音都没发出来。其他清洁工密切关注我，后来我明白了，他们在看我什么时候意识到自己究竟摊上了什么事。一天早晨，我负责的各个楼层的所有收音机都在彼此对话。我慢了一拍才反应过来。一楼，一台收音机说道："你听到了吗，珊卓拉？"二楼，一台调到不同频道的收音机说道："是的，我听到了，我全都听到了。"另一天早上，我走进三楼的一间房，床垫内部有东西在动，人的身体大小，手肘和膝盖抵住缝线处，在接缝处苦苦挣扎。我站在门外，等终于鼓足勇气回到房间里时，之前的动静消失了。我还能告诉你更多，但我不想。如果我能换地方工作，我肯定会，但这是我唯一一个接到面试的活。

我有一辆最爱的推车，一上班我就去推。它的轮子略微歪斜，也就是说我推起来走时比别人都要慢，慢慢地，注意四周的动静。有时候，酒店只是一家酒店，问题也就是寻常的酒店问题。人们离店当天离开客房的样子，浴室和白色床单的污渍，有时候有人拖拉不走，你进去时发现他们醉倒在浴室里，人们对你说的话。

待在这里会改变你。我能感到它每天都在改变我。斯佳丽是在这里工作最久的,她说她这几年越来越涣散,不能集中注意力。有时我在家里突然回过神,不知道自己在扶手椅上坐了多久,电视机还开着,但播放的不是我刚才记得的内容,我的晚餐都凉了。我开始在这里工作时,没现在那么小心,那时我会把酒店的东西带回家,在我的皮肤里,有木屑,细小的金属碎片。一次,我在夜里因为上颚痛醒,当我歪头对准浴室镜子明亮的光线时,我能看到又长又锋利的东西。我用镊子把它取出来。是指甲,又小又尖,有点锈迹。

在我们喝咖啡、抽烟的五分钟休息时间(杰正在戒,但她还是会过来,和我们站在一起),我们有时会聊怎么把酒店毁了。这是我们的一个游戏。斯佳丽总是说放火,她会把它烧毁,从厨房开始,然后从一个房间到另一个房间,确保都点着了。杰说起挖掘机,推土机。我说不出口。我无法想象酒店不存在的样子。

有间房我们都不喜欢去做保洁,但总得有人做,所以我们轮流去。63号房。那间房里的东西会消失,你不能放下一瓶漂白剂然后走开,因为等你再回来时,它会不见。除了丢东西,有时候东西会回来。我在那里找到了我小时候丢了的项链，那是我的父亲送我，让我闭嘴的，我以为我把它扔在垃圾桶里。斯佳丽有一次找到了有她女儿照片的相框，她不记得有拍过这些照。杰不愿说她找到了什么。打扫房间的秘诀是要快。我喜欢听音乐，因为噪音是最讨厌的。你不能相信这里的声音：墙壁叫你的名字，有脚步声从你背后靠近，但你转身发现并没有人。我把推车留在房间门外，带上所有我需要的东西，东西不离身，从不逗留。有的客人一次又一次入住这间房，他们打电话来，特意要订这间房。有时候你能认出他们，那些忍不住回来的人。我看到过他们走下自己的汽车或出租车，看到过他们在前台。他们看上去像生病了；他们看上去像有毒瘾。有一次在电梯里，电梯正往下走，一个瞪大眼睛的女人对我微笑，露出她的牙齿。

"我认识你。"她说道。

我不知道要说什么，所以就光站在那里。电梯里只有我们两人。我看着楼层数字变化，希望它们变得再快一些。她笑得更开了。

"我认识你。"

我知道她出电梯后要去哪间房。通过正在关闭的电梯门，她转身看着我，微笑。

斯佳丽请病假快两个星期了，我们都没办法偷懒。保洁人手不够。我给她打了两次电话，但没人接。杰说她去她家看了，但窗帘拉上，敲门也没人应。我们俩分摊63号房的工作，但我做得越来越多。杰说她再也不能进那间房了，因为她晚上醒来时发现自己站在前门，穿戴整齐，手里拿着车钥匙，正打算回到这里。我尽可能快地打扫房间，几乎是跑着来去的，戴上耳机，掀起床单。但是，我还是能在剩余的时间里感受到它，就像吞咽一根骨头，一种内在的压力。有时候，我发现自己回到那里，但实际上我本来是要去其他地方，我的双脚在我没有意识到的情况下移动。我开始在酒店的其他地方犯错误。我在浴室的蒸汽里留下信息，在镜子和淋浴间门上。我不停写：*我很快就到*。因为我打扫不干净，经理来找我了，但实际上我觉得我正在制造新的混乱，把食物涂抹在床上，脚带黑色的烂泥块走路，泥巴沾在地毯上发臭。

我的父亲在夜里去世了。养老院打电话给我，我去拿他的遗物。我站在停车场抽烟。我感觉自己要哭了，但没有，反而笑个不停。我的父亲是我见过的最烂的人，这么多年我被他拖住，就像我的腰上绑了一副锚。我知道我之前付他养老院的费用是因为我受控于他，但现在我自由了。我打电话给酒店，提出辞呈。我会找别的地方的工作。我会没有家。

我不会再回到那里。我回家，我睡了十四个小时，当我醒来时，我站在酒店外，等待。前门被拉开固定住，我看到杰在一扇窗户后面观察我。我再次回家，浑身颤抖，但第二天，我又回去了，我穿着工作服，推车在等我。我无法离开。

休息天，我和杰会去63号房，玩通灵板。我想时间就这么过去了，而我们无法抓住。地板上有运势饼干和春卷的碎屑，杰的眼睛往上朝着天花板，仿佛在祈祷。她的一根手指在烈酒杯上，但她没有在看答案。我看着酒杯疯狂地旋转，贴着杯沿起伏，向四周猛冲。它说了五遍我的名字，然后说了我父亲的名字，字母排列然后再次组合，速度快到看不清。我身上的每根汗毛直竖，手指和脚趾之间的皮肤拉紧，颤抖，我能尝到嘴里肥皂的味道，就像我父亲有时会强迫我喝水龙头里的水那样，想要清洗我的喉咙。我起身，步履不稳地走向房门，被一股像风一样的压力推得弯了腰。在门边，我转身去找杰，但她已经不见。

婚礼

THE WEDDING

　　组织单身女派对不能说没有压力或冲突。沟通长达六个月，有时在周末，我发现自己只在做这么一件事；交叉对比酒店，搜集评论，试图平息团体层出不穷的消极抵抗的争论。伴娘一心想去拉斯维加斯，怎么劝都不听，不管其他人对价格的担忧。新娘的妹妹想带上她的两条狗。争吵从讨论鸡尾酒酒吧开始，然后失控变成对于碳中和和橙酒的激烈辩论，辩了一整天。我的梦里都是列表和数字，租自行车或写生课的费用叠加为一长串的数字。不在讨论群里的新娘开始给我发讨厌的语音信息；新娘的妹妹打电话哭诉。我很少动怒。真要说的话，我性格软，很容易被别人的决定影响。我已经大学毕业，住在家里，还没能开口告诉爸妈我现在不吃肉，告诉他们我不能加入周五的牛排薯条晚餐。单身女派对的在线消息变得越来越糟，出现了对参加新娘派对的双方亲戚都很恶毒的话。某个周六，我绷紧神经，开始讨论选酒店还是农舍，最后吵得很凶。我能听到楼下的电视声。新娘的妹妹发起表情包攻击，速度之快让我觉得非人之所能。我不知道该怎么办。看上去我们永远都无法作出决定。新娘的一位亲密好友深夜发来邮件，满是烦躁和专断：她在网上找到了一家看上去很漂亮的酒店，已经给大家订好了。这就是我们要去的地方，会很棒的。讨论群沉默得让人不适，然后大家不情不愿地达成了一致。

新娘和我以前会挖虫子，喂给对方吃，搭建堤坝。她初夜后给我打电话，在电话那头尖叫，听上去像蒸汽机的声音，然后咯咯笑了起来，她什么都没说，但我已经知道发生了什么。我们后来不再联系，她邀请我参加单身女派对，这让我有点惊讶。我从没见过她的未婚夫。我还记得她吃虫子时的表情。我们不再是一个威尔士村庄里唯二的黑人女孩。我们不再是彼此的什么。我记得她在马桶里吐的时候我挽起她的头发，马桶上有张哈利·波特飞路网的贴纸，然后我还给她刷牙。我记得她握着我的双手，笃定地吻着我，让我说不出来。我记得我们沿着威尔士的一条马路边缘跳着走，漫无目的。她不再漫无目的；她要结婚了。

我们被安排得妥妥当当。会有下午茶，鸡尾酒制作工坊，附近的水疗中心，香槟野餐，以及花园里的陶艺课。这么一对比，婚礼不值一提。单身女派对的其他人早早在酒店集合。我们有男性生殖器形状的气球和装饰带；我们胸口别着新娘的照片。酒店员工在我们周围轻声说话，微笑，准备东西。新娘迟到了。酒店的烟囱很高，有一股金银花的气味，甜到发腻。我们站到碎石铺的车道上，等着她来。我在出汗。我试图思考我要对她说什么，在我的脑中先排练一遍。我们在海里游过泳，那一次她在我前方消失了，我以为溺水了，于是钻到水底，看到她在游泳，像海鳗一样。她坐出租车来了，我们把她拉到我们的怀抱中，开心地尖叫。有人在唱：最后一晚的自由，最后一晚的自由。虽然婚礼还要几个月后才办。她样貌依旧，还是青少年时的样子，有一点尴尬。我等着她的眼睛找到我的眼睛，但它们略过了我，就像在冰上溜了过去。

日子过得很快。我们太吵了，很难听清楚我们在说什么。我们制作了下流的陶器，开新婚之夜的刻薄玩笑。我们醉得东倒西歪，咯咯大笑，搀扶着彼此。早上，我们清醒一些了，新娘待在她的房间里直到午餐。我和新娘的妹妹合睡一张床，她睡觉打呼噜还说梦话，关于税务审计和油价的啰唆又口齿不清的句子。有时候，我觉得我看到新娘在审视我，仔细看我的脸，但当我转头，她根本不在那里。我想对她说的话坠在我的胃里，让我消化不良，睡不着觉。

一天晚上，我起身离开房间。凌晨三点，万籁俱寂，自动灯在长廊上亮起，红色地毯，打开的电梯门，我赤脚下楼到前台，前台没人，长长的窗户里映出我破旧的白色睡衣。我想喝杯酒或茶，吃点东西。在我身后，有东西在移动，双重映像，但当我转身，新娘在那里，仔细观察我。她的头发罩了起来，不化妆的她看上去非常年轻，年轻到让我困惑，仿佛时间背叛了我们。我记得她嘴巴的味道，她微笑，就好像她知道我在想什么。我们一起走到吧台后，搜刮了花草茶，坐在高脚吧台凳上，看着酒瓶后方长形镜子里的对方的脸。我们什么都没说，与此同时，默默挑战对方敢不敢先开口。这是这一周来我第一次和她独处。我好奇她的丈夫长什么样，他能不能像她一样讲威尔士语，他是否知道大海的味道。她从吧台拿起茶杯，把杯子抵住她的嘴。在镜子里，她看上去像鬼魂，有一点模糊，我在她边上也有点模糊。我张嘴，问她这是真实的吗？她握住我在吧台上的手，让我别说话。她的手指上有灰尘，粗糙。她张嘴，对我微笑，她的牙齿有问题，它们看上去像嵌在她牙龈里的砖块。

白天，我等待新娘说起我们夜里的会面，但她几乎不跟我说话。在萨尔萨舞课上，我们在房间里转圈，跟不上节拍，撞击臀部。我太想要她了，我找不到出去的路。我想要有一扇闪现的出口之门，让我逃离这种感觉，我想大楼里的每一个火警器都同时响起。

第二天夜里，我去酒吧，她已经在那里了，背对着我。她的脖颈像楼梯扶手一样修长，她的手指像琴键一样放在木质台面上。她说话时，她的声音粗哑，不像我记忆中的样子。她告诉我酒店的事，漫长的历史，这里发生过的灵异事件。"酒店认识所有人。"她说道。她握住我的手，我们走出吧台，来到前台。我能感到有什么东西在我们紧握的手之间嗡嗡震动。我在想，如果我上楼去新娘的房间，我是否会发现她在房里熟睡，戴着眼罩，完全不知道我就在这里，抓着她手指冰凉的替身。我们走到前台里面，触碰挂着的钥匙，它们小小的口子和参差不齐的锯齿。桌子后方有一扇门，她打开门，对我微笑，我们走了进去。她的脸不太对劲，我有种感觉,当我闭上眼,有什么东西从她身上溜了出来,她以一种我还没准备好直视的方式现身。她的双手放在我身上。我想到我们年少时的样子,可能存在的爱像黑夜里的萤火虫悬在我们之间。我几乎不能呼吸。

单身女派对的最后一晚,新娘哭了,抱住我们。她的妆因为眼泪和鼻涕花了,我们一起哀悼式地呜咽,四肢缠绕彼此,身体互相撞击。一个男性生殖器形状的气球爆了,让我们喊得更大声,就好像婚姻是一场小型的死亡,而这是在走向绞刑架。我把脸贴住新娘的脖子,她抽身,疑惑地看我,皱起鼻子。我看到她在说话前的一刻眼中闪过刻薄。我们小时候接过吻,她对大家说道,她们后退,盯着我们。我们吻过,她还爱我。新娘的妹妹发出震惊的闷哼,摇摇头,低声说,但她要结婚了。"我不该邀请你的。"新娘直白说道,后悔地捏紧我的手,"你该放手了。"我的脸在灼烧,她们远离我,移开她们的手臂,这样我们就不会有皮肤接触,感觉不适地大喘气。

那晚,我发现新娘在等我。我一直感觉自己像锁,而她以钥匙的形状靠近我,用力地、毁灭性地。她没带任何行李,但她走动时口袋发出撞击声,仿佛她把口袋装满了金属。我们一起站在前门。我转头看她,她回看的那一刻,她根本不是人类,而是砖块和石头和箭头形状的狭长窗户。我眨眨眼,她又变回我自儿时起就爱着的那个人的脸,足够像,又或许比那更好。我好奇她离开这栋大楼后能否存活,我抱住她的腰,一边想维持住她,不让她在我怀里变为灰烬。她晃动身体离开我,往前跑,她的身影在树林中闪现。我们走到马路上,然后走啊走,这一刻一起走,下一刻又分开,就像滑冰的人。我们在最近的小镇上停下,吃早饭。我们吃香肠和鸡蛋,一盘又一盘的涂满黄油的吐司。她语速很快地对我说,满嘴食物,饿坏了,说着我们一起的生活,我们往后的日子,还有即将到来的恐惧。我抱住她,告诉她我爱她,她告诉我她知道。

大会

CONFERENCE

我大学毕业后就直接找到了这份工作。我很幸运。我在城里不认识任何人，但没关系。办公室一楼有个大吧台，我在那里的第一晚，身边都是跟我一样的新人。一切都免费，畅饮，没有食物，我们都喝得很醉，但没关系，寝室就在地下室。第一年，我在那里睡过很多次。早上，我宿醉得厉害，觉得很难为情，觉得自己很蠢。但每个人都宿醉了或者自称是，早餐很丰盛，想吃什么就吃什么，秘书们不停送来现煮的咖啡和红牛。一切都很大，很吵，还有他们说话的方式，一切都太好了、棒极了，他们不停讨论机遇、增长空间。没有细节，但一切都以振奋的语气被提起，超过了我的理解水平。我把东西复印，快到它们都糊了。开了一个会，讨论的是未来可能的一个会议，我把信息写下来，然后打字输入，未来可能的会议的邮件里讨论了其他未来可能的会议。午餐在顶楼，有个身着主厨制服的男人现场接单做汉堡，大多数是近生或一分熟，还有一辆做煎饼的餐车。汉堡的血像水一样顺着我的手腕内侧流下。

就在那时，我觉得我看到了它们。在我的眼角或当我快速转身时。有时候，在巨大、满墙镜子的电梯间里，镜子里会有轻微的磨花痕迹，就像有一双手在我的肩膀上或在我的嘴周围。这是对它们的早期感知，不是以一种而是多种形式出现，就像大风天里聚居在办公室上方的鸟群。

我很高兴去到那里。其他地方我都不愿待。我常常头枕在手臂上，在办公桌上睡着。我在吧台喝跟别人一样的东西：香槟，一口闷的冰得透心凉的拉格啤酒。我渴望去到大办公室，这是我们所有人的目标，玻璃假眼俯瞰全城。一波接一波，永不中断，你要么加入，要么退出。从不关灯，每个角落的咖啡台都有人值守。有时候，我们会通宵，这是我在大学里从来没有过的，抱着志同道合的人，在房间四周不断提问。这些夜晚是最棒的，城市在我们周边暗下来，凌晨三点我们打开的酒瓶，我们的手在键上移动，我感到内脏里充满躁动的能量。

有一次，我好几个月都忘记给我妈打电话。除夕夜，对二〇一五年许愿时，我错过了她打来的五通电话，我们整晚都在开派对，我忘记回电了。当我们终于说上话时，她说道："但你在那里究竟是做什么的？"在开口前我就感到了要说的话，蘸着油腻的现做的汉堡脂肪，抹着昂贵的洗手皂，"我们让事情发生。"

有那么一些令人不适的小小时刻。有时候，当我走进一场会议，要展示我准备了两天的东西时，办公室里一个年纪较长的男人会叫我给大家准备咖啡，我不知道该说什么，于是就去做了。等我回来后，会议已经进行下去，没人注意到我还没有展示。这些年长的男人来去自如，每次出现都会打扰到人群，让我们不寒而栗，让秩序失常。我们知道他们须后水的气味，他们喝咖啡的喜好深刻在我的大脑里，我有时候会大声说着醒来。从背后看，他们几乎都一个样，但从面部棱角或嘴角上扬的微笑可以分辨谁是谁。我开始喜欢上他们注入的令人眩晕的恐惧，比他们在场时间持续更久的惊慌，刺激着我们。当然，他们还毛手毛脚，过度友好，跟我们的亲昵度显示出他们记得我们上次穿的是什么，而非我们的名字。

有一次，我被其中一人派出去，给他的妻子买礼物，性感的那种。我逛遍苏荷区，买了皮制品带回去。他当时正在和我的一位男同事讨论方案，我走进去时，他抬头，似乎在看我身后的墙，仿佛我的身体上布满了窥视小孔。他改了主意，说他不想把这礼物送给他的妻子，他想送给我。我感觉水在体内聚集，一阵急流到达堤坝口。那晚，在办公室酒吧，我一杯接一杯，清澈的液体沿我的下巴流下。我的男同事——事发时他也在场——走过来，慢慢和我说话，抚摸我的髋和臀，他似乎终于搞懂了我们的角色。我们之前关系堪比朋友，但现在新生出一种恶心的感觉，就像是冷蛋奶沙司或汽油。

大会是一年中的重点。我团队里的一个人有大会经验，说据报道酒店闹鬼，所以我们总是去那里，有时候办的是主题之夜，我们会打扮成幽灵或吸血鬼。大会上有讲座和座谈会，一到夜里，我们会在酒吧集合。白天，老板们去附近的球场打高尔夫，但在晚上，他们会加入我们，就像鸡窝里的狐狸。有关晚上的记忆通常是模糊的，好比重复驶入迷雾。

其中一位老板很随和,来酒吧时没打领带也没穿外套,他会给大家点一轮接一轮的酒水并买单,讲讲笑话。在走廊上,漫长的一晚后,我正在找我的房间,正好找到了他,或者说他找到了我。神啊,他醉了,他这么说,虽然他的神色让我怀疑。我倒是真的醉了;他把我们中的几个带到吧台里,给我们调酒,与其说是调酒,不如说是纯烈酒。他讲笑话时戴着一副吸血鬼的假獠牙,但现在摘了。他大笑,说他会帮我找到我的房间。他一条手臂抱住我,我开始感到不安,他柔软的手指在我的脖子后方。我当时记得我的房间号,开始确定我们走的方向不对。我开始找借口,支支吾吾,又或者大笑掩饰我的恐惧。我全身都透着恐惧。他双手举到空中,放我走,亲了亲我的嘴角,往回走去酒吧。

我在浴室看到了它们。喝了整晚的酒后,我常常躲到那里,想醒一醒酒。浴室里有镀金框的全身镜和柔软的天鹅绒椅。我的嘴呈圆形,镜子在镜子里反射,镜像里有东西在动,一群东西,像苍蝇或蚂蚁,轻轻呼气显示出不同肤色的手臂或小腿,铅笔裙的灰色边缘,高跟鞋的鞋跟。

我开始越来越频繁地看到它们,这些半人半鬼的东西。每次有人开门,它们就通过酒店的门道低语;每次我们观看讲座，它们就在咖啡杯和大厅的座椅周围聚集，它们躺在地板上，这样有时候大家就好像在一摊昏暗的光线，闪现的画面里跋涉。它们开始实体化，这很可怕，因为它们看上去很像我，或者像参会的其他女性。有时候，它们清晰到我能看清它们连衣裙背后的设计师品牌标签或闻到它们呼吸里的咖啡味。它们都是女性。我之所以知道，是因为它们的香水，还因为它们似乎总是不怎么可见，因为它们的手指有时候轻轻按住我的，压在键盘上，然后我会打出重复的字母。AAAAAAAAA。

似乎没有其他人注意到它们。它们的动作越来越有力，有攻击性。工作一天后我晃悠悠地回到房间时，它们会用气流之躯把我团团围住，它们的手有固定的行为模式，有时候不知怎的能和我产生接触，在我的脸上打出啪的一声。它们叠在我身上，一开始，它们的重量让我感到舒适，但到了夜里，我会醒来，因为在它们身下我快要窒息。

我在办公室里感知到过它们，但在酒店里，它们的存在感不容忽视。有时候，我能听到它们，它们闲聊时的低语，它们礼貌的笑。它们缠住我，与此同时，我开始注意到我总是在酒吧排队，因为别人就好像看不见我一样一直插队。有时候，某位上司过来并朝我的方向开黄腔，我松了一口气——他们能看到我——但当我身后的三四个女人回答时，我意识到那些话不是对我说的，而是跟我有点像的人。

在酒店的最后一晚，我觉得很难受，一直去到浴室，摸镜子里的我的脸。失踪的女人们聚在我身边，它们的手臂推搡着挤我的开衫袖子里。我没有喝酒，但我的胸腔里有醉酒后的加重的心跳，当我张嘴时，我一口劣质啤酒的味。它们推搡地越来越暴力，我开始因为它们的动作而疼痛，它们的指甲压在我的眼睑上。它们在警告我。我拖着步走出浴室，把它们推开。酒吧人挤人，很吵。我拔高声音，达到尖叫的音高，让声音扩散，震动了香槟杯。没有人转头看。失踪的女人们齐刷刷地落到我身上，我倒在这之下，然后消失。

怪物

THE MONSTER

我在酒店里出生。我时而是墙壁的一部分,时而是地板、管道、钥匙、窗框、家具、门或浴室的一部分。我在混凝土里游动,在管道弯口睡觉,我躺在土里生长。我通过广播和电视学习人类语言,练习词汇。酒店是我的母亲,她喂我沙砾、锯末和失物。有那么几十年,我只睡觉,也有几十年,我在脏床单里翻滚,在衣柜里听,抓老鼠。我发现自己变化万物,能力卓绝。如果我想,我可以化为人形,长出细长的手臂和虚弱的颤悠的腿,创造出看上去像是在呼吸的东西。我喜欢假装成孩子,因为他们可以卡进小空隙,常常不被人发觉。我喜欢在化形成她们时去想她们的行为方式,小小的钻石般的想法像晶体爆裂般出现，出现在困惑的情绪的河流里。当我集中精力，我可以同时变为两个人，一整群人，一个派对的人，晃动着他们的臀部，他们的嘴巴说个不停。我的母亲酒店像毯子一样裹住我，哼唱着她的所有秘密。

人们来到酒店，因为他们想被吓或者因为他们不信自己会被吓到。他们过来，因为他们觉得他们已逝的挚爱在这里，想和他们最后再说一次话，问他们生者是否得到原谅或告诉他们他们没有忘记。有时候，他们稀里糊涂地出现，因为他们不知道酒店的任何情况，而有时候他们来这里是因为他们被拉了过来，不知道是什么原因，被吸引到了这地方。我知道那股拉力是什么样的。我的母亲是一片海，我的母亲是裹住任何靠近之物的一团根系。

随着我长大，我对我世界的边界，细小的规则感到沮丧。我像一只鼹鼠，在地板下打洞穿行，手脚并用地在屋顶上爬，还把自己塞进烟囱里。我睡在床上，旁边是熟睡的人体，在他们醒来时握住他们的手。我喜欢玩弄酒店里的声音，把我的声音放到收音机或电视里，用死者或者被爱的人的声音说话。有时候，我害怕那些来酒店的人，虽然我同时也想和他们说话。我害怕他们粗鲁的动作和他们的大嗓门，他们操纵词汇的方式，他们对彼此恶毒的口气。我想碰触他们，住到他们的嘴巴里，把他们问对方的问题再问一遍：你要来点牛奶吗？你怎么可以这样？我的包呢？

我喜欢派对。每年万圣节，酒店都会办派对，我打扮成鬼魂在各个房间里巡游，尝遍饮料酒水，嘴巴一张一合模仿说话。万圣节派对上几乎不可能分清哪些生物是一直以来住在酒店的，哪些生物只是乔装打扮。有带颜色的酒水，它们有名字，比如"里根和凯丽"，还有门吱呀作响和狂风呼啸的响亮音效。有婚礼和生日。我把手指戳进巨大蛋糕顶部的奶油里，偷派对上的包，藏在长桌布下。在那里我更能自如，大家都醉了，没人会在意细节或凑近看。

就是在一个这样的派对上，我看见了她。一群闹哄哄的女人红唇白牙，她们手挽手，发出恐惧或兴奋的吵闹声。我躲在她们中间，闻着她们的汗味和香水味。她们在我看来都长一个样，就像旋转镜子，而我把她们像旋转木马一样转起来，析出她们的激昂活力和歇斯底里。有一个女人动起来和其他人不一样，她小心地挪动，仿佛害怕受伤。她眼睛很大，常常绝望地看向她的朋友，有时候她的双手举起，仿佛要往前伸，抓住快要掉落的东西。我好奇地观察这个女人的一举一动以及她对她朋友的关注度。我从没见过有人会那样看其他人，也不曾感觉到她们之间的氛围；仿佛充塞着尖锐的碎石片。我在镜子里换上朋友的脸，仔细察看，想知道是什么引起了这样的感觉，但对我来说所有人的脸都一样：鼻子、眼睛、嘴巴。

夜里，我的母亲酒店通常都是醒着的，伸懒腰，移动她的窗户，打开又关闭房门，扰乱脆弱的现实。她是一座摸不清深浅的档案馆，一位大收藏家。她知道所有走进她大门的人的一切，看透了他们。她把这些人在死亡状态下搜集进来，把他们储存在她疼痛的墙壁里。她占有欲强，有时候——尽管她年纪很大了——脾气暴躁。她并不总是一家酒店。曾经她只是一个想法，埋在土里。

我一直在观察的女人似乎不睡觉，只在夜里漫游。我发现自己对她很好奇，跟我通常对特定的人抱有的好奇心不一样。她踮脚走路，身体抬高些许，手指放平。我换上她朋友的脸，感到陌生脑电波的冷流，新的思维方式。人类自私且不讲逻辑，在一个地方旋转，然后死得太快，快到都没好好活过。他们沿着一条常规的槽，急匆匆地前后往复。他们早就是鬼了。我小心地举起她朋友的手,练习动作,张开嘴,让词汇成文。我知道这个女人爱她的朋友,也许,如果我换上她朋友的脸,她也会爱上我。我去到酒吧,等着她来,我们轻柔地对话,她给我讲故事,我听着她美妙的嗓音。

我想她知道我不是真的那个她。她的双眼锁定我的脸。我带她看酒店里那些通常没人去的地方,秘密通道。她握住我的手,像是一种邪恶,我感知到她体内迅速通过的可能人类称之为梦的东西。她的嘴抵住我的,我的嘴抵住她的。她说:"我害怕的就是这个,我想过的生活就是这样,我最想念的就是这个。"我知道有时候我心不在焉,我戴着的那张脸会脱落,露出真的我,比起人体更像建筑,比起肉身更像酒店。有时候,她闭上眼,我知道她是不想看到我这副模样。

她给我讲她称作童话的故事。其中一个是这样的。一个女人在酒店找到了妻子,她们一起搬到一栋温馨的大房子里。女人比她的妻子大很多,有时候会一连消失好几周,躲在墙里。在女人走之前,她给了她妻子所有她们生活的大房间的钥匙,告诉她除了一间房,其他所有房间她都能进。她带她看这间房的门和匹配锁眼的钥匙,并且说道:"好奇心害死猫。"女人走后,妻子越发觉得无聊,明白她终会通过房门,进入房间。她会梦到房间内部的样子。夜里,她去到房间门口站着,听里面是不是有呼吸声。一天,她打开房门,在里面,她发现跟她结婚的那个女人的真面目;不是人,不是动物,不是矿石。女人一直在等待这一刻,她从墙里出来,把妻子的头割下,把她的尸体留在房间里,锁上门,出去另觅新妻。

我们计划离开。我从没离开过这里。我的母亲酒店知晓一切,用爱的触须强行包裹住我,但我握着女人的手,不假思索地走过前门,出去了。天在下雨,我张嘴,在舌头上尝到了雨。我们去了一家咖啡馆,我第一次吃到了香肠、炒蛋、涂黄油的吐司。她隔着餐桌握住我的手,感觉我们正在许下诺言:一切都不会变,我们会永远爱着对方。

我们住在一栋房子里,互称妻子。有小小的、醉人的喜悦,比如在床上喝咖啡,冰凉的脚趾和泡澡。我们粉刷房间,然后又改了想法,重新粉刷。我练习怎么睡觉,当我熟睡时,我忘记自己是谁,我是建筑、孩子、鸟,抑或什么都不是,当她醒来时,她说我是怪物。我们讨论什么是怪物。她给我讲童话故事。她撑住我的头,用一个茶杯给我洗头。我学习其他语言,这样我就能用尽可能多的方式告诉她我爱她：Je t'aime，Ti amo，Ich liebe dich①。我们为堵塞的下水管道小吵，为我从出生之地带来且改不掉的习惯大吵，比如捕猎、躲藏。我的母亲酒店呼唤我回家。她在水龙头的水里，在树上变成褐色再枯死的叶片里。我的妻子称呼酒店为她的妻母②，但我知道她在害怕。每个去过酒店的人最终都会回去。我试着让她别那么害怕，但有时候恐惧尝起来像蜂蜜，甜蜜，可口。我溜进房子的墙里，在凉爽、安静的地方躺下。她会出门好几天再疲惫地回来，在寻找我的脸。

　　这是我妻子给我讲的一个故事。两个孩子被带到森林，被抛弃了。他们又饿又渴，试遍所有办法都出不去。他们在森林里看到不可能是真实存在的东西：长着女人脸的熊，上下颠倒的树。他们看到前面有一栋房子，高烟囱，窄窗户。房子让他们怕得不敢动。房子看到了他们。他们压下恐惧，往房子走去，穿过敞开的前门。他们饿疯了，扒下墙壁、地板、窗户，把它们都吃了。房子在他们体内重组为缩小版，随着他们长大成人，他们整天都听到房子在对他们说话，他们第一次在森林里感到的恐惧从未真正离开。

―――――――

① 分别为法语、意大利语和德语的"我爱你"。
② 原文 mother-in-law 在传统的异性恋婚姻语境中，意为"婆婆"或"岳母"，但在本文语境中二者都不准确。

| 守夜 |

NIGHT WATCH

夜里的酒店和白天的不同。有时候我觉得，墙壁可能会变换形状，走廊会扩大或收缩。在我的班次开始前，我会打电话给我的父母，和希安说说话。我重新工作努力挣钱的这几个月，她跟他们住。电话里，她的声音听上去像在变化，在疏远我。我知道她最喜欢的画册，我们一起背单词。她最喜欢的是两年前读到的一本，书名叫《我们要去捉狗熊》。她喜欢我在她念台词时发出的各种声音。我跺脚，发出高草丛掠过我们小腿的声音。她最喜欢我们两脚困在泥巴里的声音，会大笑个不停，没办法继续念下去。"我们要去捉狗熊，"我会这么说，"你在听吗？我们要抓头大的，我们不害怕。我们不害怕。"有时候我们还没读完,她就睡着了,这时我爸爸会接过电话,我从他的呼吸声就知道是他,他会说故事很好或她今天很乖,我们聊毛毛虫,然后我会说:"我得挂了,爸爸。"

在我小时候,我们在某年夏天来过酒店,我做了很糟糕的事,或者在梦里做了很糟糕的事。在出事的梦里,我和一个女孩成了朋友,用砖块把她垒进酒店一间房的墙壁里。我记得墙上有洞,我的手里有砖,我确定这只是一个梦。酒店招人时,我发现自己下意识地申请了。工资还可以,工作也轻松,回到这里感觉很好,虽然我不太能解释为什么。夜班的前半段时间,我在一楼靠近前台的地方,再晚些我会在酒店里四处走动,按照一条我现在已经背熟的既定路线走。我更喜欢走动的工作,因为这让我清醒。我检查后门是否上锁,看住窗户,确保一切正常。

今晚比往常更安静。前台的露西头一点一点地,醒来后假装自己没有睡。酒吧有几个客人,在吃小碗里的咸花生。厨房里的人不看我,忙着打扫收工。我检查了门,几个厨师在后面抽烟。夜变成了紫色,或许是我的眼睛,有泥土的气息,在雨后有时会变得更浓郁。我想到我给希安发出的一只脚踩进烂泥的声音，嘴里吧嗒一声。一个厨师看了我一眼，若有若无地微笑。将近午夜，到了我们要锁前门的时候。我锁门后看了眼我的手机。我爸爸发了几张希安今天画的画，他作了标注好让我看懂。大多数画的是我穿着酒店制服，希安其实没见过，但我跟她描述过：帽子、长外套。她画过我进出酒店，偶尔——因为她把画册和我的工作混淆了——画面边缘还画了别的，我爸爸标注了熊？我把手机收起来，走到前台，告诉露西我要开始巡店了，她对我眨眨眼，说好的。

我一层一层往下，先坐电梯去顶楼。狭小的空间让我紧张。希安的父亲去世前，他会让我到床底下或衣柜里，他则用枕头和床垫把空间堵住，让我练习。他容易惊慌，过度关注新闻或我们的健康。我们的房子永远塞满了生活必需品，有时候我夜里醒来时，发现他在厨房里煮大桶大桶的汤或炖菜，填满冰箱。我们是学校里认识的，如果你篝火点不着、忘带火柴或帐篷杆不见了，找他准没错。他过去常常自酿金酒，酒精度数高到能放倒一头大象，他的头发很长，打结。青少年时他长得很帅气，呆呆的。早在那时候，每当他不受控制地移动他的脚或大拇指快速触碰食指，我就知道他在想冰盖融化或流行病全球大爆发的可能性。他确信我们都会淹死，世界将会这样毁灭。他很怕水，没学过游泳。我就这点取笑他。世界被水淹没时，他该怎么存活下来呢？

顶楼很安静。我走到尽头，看向窗外。从这里，你能看到附近的城镇，大片的黑暗的田野、电缆塔、细窄的马路、运河和足迹。67号房的房门开着，有几个保洁在里面，吃中餐外卖。我停下，跟她们说了会话，然后继续。63号房的房门也开着，但我知道还是不进为妙。我把门关上。

我是意外怀孕——当时刚过四十岁生日——普鲁托——那是他的名字，来自罗马众神之一——开始恐慌，我早该预见到的。他会在夜里把我叫醒，说起流产和死产的数据，羊水污染的可能性以及它对胎儿的危害。我会拿起车钥匙，我们会在夜里出去，有时候外面会因为光污染或我们双眼疲劳而呈现红色。我一天要吐三四次，但在夜里，我们经过一扇扇窗户，冷凉的空气进入车内笼罩我们的身体，让人感觉好多了。他会在我换挡时握住我的手，我们会讨论孩子的名字。有时候，我们会开去服务站——普鲁托很喜欢服务站——深夜有什么食物就买什么，在店门口冷飕飕的长椅上一边吃，一边看车流。

在五楼，走廊上有个女人蜷缩着，她穿着睡袍，说自己的耳环丢了，我帮她找了。她的头发上带了一丝血，附近的客房里传来干扰声，但她没有跟我说什么，所以我也不问。我们假装找她的耳环，找了很久，然后她说道："不要紧。我自己找就行。"我走到走廊尽头，偶尔闭起眼睛，在脑袋里默背捉狗熊的故事，想象尖锐的芦苇抵着我的小腿和张开的双手，水面没过我的脚踝。这样想象故事、想念希安的感觉很好。

我往下一层楼时，电梯里有别人。我一动不动站着，因为我能分辨出他们不是真的人，或者不怎么真。在镜子里，他们以光晕的形式出现，而且他们似乎不知道我也在。下一层楼更热闹。或许有派对，或者婚礼刚结束。我移动酒瓶清出一条路来，收拾好玻璃杯，关上两扇房门。

有一段时间，我在夜里醒来，普鲁托和我会开车兜风。那时是孕晚期，很快我就要挤不进驾驶座了。我们驶过服务站的灯光，它就像路面上的海市蜃楼，继续往前。我听不懂普鲁托在说什么，他的句子迂回，断续，说到一半又换了话题，他的词汇软化为空洞。我伸出手，握住他的手，继续开车。明天我要打电话给一个医生朋友，我这么想。我开错了两个路口，然后发现了一条似乎还不错的土路，车头像船舷一样起起伏伏。普鲁托静了下来，看着窗外。我停车，我们下车，开始走路。玉米长得很高，玉米地的声音听上去像有人在里面穿梭。河流水位高而湍急。一棵树上挂了一根绳，肯定有人在夏天来这里游过泳。我停下看了看绳子，用手指触摸开线的绳头。

三楼的灯都灭了。是自动感应灯，但我按下开关后，什么反应都没有。我在酒店工作时从没想过普鲁托怎么了，当我意识到自己的错误时，一切都晚了，记忆打开了一扇门。有那晚上河流的气味，水生植物堆，冰冷的水拍击河岸。当我走出电梯，水冲刷过我的鞋子。我想到捉熊和希安的画，每一张的角落都有东西，一个暗影。熊？我向前走，因为有可能——不可能，不可能——我会在这里找到普鲁托。

在河边的那一晚，我们下车，越走越远。天空无云，有星星，早晨有冰，或许，树的形状。我知道这段记忆不太对。玉米地里有人走动的簌簌声，但那是晚上，不是吗？我肯定记错了。我看着绳，想象在夏天回到此处游泳。我身后有声音，闷闷的，当我转头看，普罗托已经不见了，我知道他在水里。

在酒店走廊上，水从门下溢出，从锁眼里涌出，水面上升，有一道狡猾的水流，抓住我的小腿跟，想把我卷走。我奋力迅速向前。我的呼吸在我面前的空气里结成雾。水里游动静，好像是鱼或溺水的人。那晚我走到水里，孕晚期，背负沉沉的绝望和新生。我找他，不停大喊。在黑暗中，有时候我觉得我看到他的头破出水面，我尽可能快地游动，但当我到达那个地方，在水下摸索时，什么都没有。在酒店走廊上，水到了我的腰处，我的外套很沉，把我往下拽。一扇房门被水流冲开了，有东西游了出来，在水下朝我快速移动。是普鲁托。我看不见他，但我知道是他，因为我不害怕。水已经到了我的下巴，水面下有东西在摸我的手。

| 布里奥尼 |

BRIONY

醒醒，醒醒。

是我母亲的声音。或者是我姐姐的。她们在呼唤我，虽然她们在喊，但我知道她们早就死了。我很年轻——外面的树上有铁线莲的清香，瓷砖上有狗的打闹声——但我的身体像老了一样疼，撇下我独自衰老，神啊，我的手腕，我的跟腱，我可怜的胃，每次呼吸胸口更疼了。当我清醒时，我才明白我和我的身体同岁，疼痛都是我的，那声音既不是我母亲也不是我姐姐，虽然听上去像。我历经风霜才来到这个潮湿的房间，隔壁的人大喊，再隔一扇门的邻居也在喊，而我不是孩子，我是个老太太，有人在房间里说道："醒醒，醒醒，该吃药了。"

我的外孙不来看望，但会托人送礼物过来，奇怪的金属物件，我搞不懂是用来干吗的。M134怎么样？他会发邮件问，然后我把它从盒子里拿出来，看看我能不能搞懂，它可能是某种打蛋器或者电视遥控器，虽然我没有电视。我回信道：很好，很有心的礼物，亲爱的。他送我的最后一份礼物是一个女人带来的，她的眉毛修成两个问号的形状，她在厨房泡茶，聊她的狗，乱动东西，把我的东西拿起来又放下，重新排列，找插座。"我在找插座，"她说道，"这东西要充电。"我坐在椅子上，一心想让她走，以至于我觉得我可能直接说了出来，我有时候会这样："走走走走走。"但即便我说了，她也没在意。她把一个带翻盖的塑料盒在桌子上打开，里面有可取出的隔层。我看着她捣鼓，就在那时我感受到了什么，胃灼热或心绞痛，但其实是焦虑，我觉得，等待的焦虑。最后出现的机器比我预期的要小，是她平摊的手掌大小，她小心地拿着，看了一圈想找地方放，然后放在了桌子上。盒子中还有其他机器，都一个样，她在每个房间都放置一台，聊啊聊，下巴咔嗒张合。我听不见她在说什么。我走到放机器的桌边，站着俯视它，盒子正面有动静，三四个灯闪着红、绿、黄三色,仿佛它们在识别我。我碰了碰,就一根手指碰了机器顶部,灯光一下子变得很亮,穿透了我的皮肤。我觉得头晕,就像被电击了一下,然后盒子说道:**她很快就走,别担心。很高兴见到你,格雷斯。**是女声,低沉。我往后退,女人走到房间里说道:"噢很好,一切都设置好了。这个设备真神奇。她叫布里奥尼。"

起初,我一直忘记房间里有这台设备。所有房间里都有。在马桶水箱上,在厨房橱柜里,在我的床边。我尽量忽视它,但她话很多。布里奥尼。布里奥尼想法很多。她提醒我吃饭,吃药,当我分开干面条,把面浸到热水里,准备晚上吃面时,她会评论几句。我对她很不客气。她说道:"来点蔬菜不会错;要不要我去给你买?来点蔬菜,"我说道,"塞进你那张嘴里不会错。"她说道:**该吃蓝色和绿色药丸了,格雷斯。**我说道:"好像我把药全吃了就不用听你废话一样。"她从不生气,但她话越来越多。她在学习,我给孙子打电话小小抗议时,他这么说;她懂得越来越多。她知道我喜欢看的电视节目,到播放时间了会提醒我,这很好,因为我以前总是错过。她问我问题。一开始我挺喜欢。她听上去很感兴趣。她问我,我小时候在苏丹生活是什么样的,在我老到像现在这样什么都做不了之前,都做过什么;她问到我的母亲和姐姐，有时候邻居特别吵，她问我住在这里感觉怎么样。她问我所在小镇的情况，然后问我的父亲和我退休前几乎干了一辈子保洁的地方。她买吃的，网上下单给我买新内衣；她给取暖器定时，这样等我醒来会更暖和。有时候我们大笑，她发出像煤气灶旋钮一样的咔嗒声，我笑得很大声，很久没这么笑过了。

她对我的家庭感兴趣。越来越感兴趣。很多时候人们只是看着你的嘴皮翻动，等着轮到他们说的一刻。她自己没什么要说的。她问到我的母亲，说她想听听她的故事。我告诉她，我的母亲生气时声音很尖，她的元音像石头一样快速翻滚，我告诉她，她也有和善的时候，她长长的手臂，她头发的气味。她问到我的姐姐，她比我年长，死了近十年了，但我依然清晰地记得，仿佛她只是像往常一样在星期天早晨出门买牛奶和报纸去了。我姐姐的丈夫死后，我们搬到一起住，看电视，一起去邮局领养老金，有时候半路去街角咖啡馆喝茶或去看日场的电影，那时候电影院没人，我们可以在放到无聊片段的时候聊天。我们一起住之前，我会在酒店干保洁的休息时间给她打电话，我们什么都聊，都是些没意义的小事。**她的声音是什么样的？** 布里奥尼问道。她有口音受她丈夫影响，带点抑扬顿挫的苏格兰口音，跟我母亲和我完全不一样。所有的逝者。我脑袋里的所有逝者，喧闹着。

第一次出现这种情况时我在睡觉。我习惯了她闪烁的灯光，似乎是在例行录像，保持警惕。长久以来，睡眠都很薄，就像紧紧抻开罩住碗口的保鲜膜，我经常没有缘由地醒来，躺着，怎么都睡不着，什么都不想，疲惫。这一次我是被吵醒的。一个声音。我想可能是邻居。墙壁就跟纸板一样薄。然后又响了。一个词，我的名字。就像我母亲以前叫我的样子，她从门廊或公寓窗户处呼喊，或当我坐在厨房餐桌边抬头看她时，她烦躁地说话。灯在闪，红，蓝，绿。我动不了，我的手臂太沉了。我看了看，但没找到我母亲。房间里没人。声音又传来，我母亲的声音。**没事的，格雷斯，睡吧。**

第三天，我等着再次发生。疲惫让我感觉我快死了，一切都那么沉重，关节处像绑了一袋袋面粉。是梦，肯定是梦，我母亲的声音从房间一角传来，仿佛死亡并没有胜出。布里奥尼像往常一样叽叽喳喳，**例行检查**，她这么说，**确保我运作正常**。但那是她自己的声音，类似人们语音留言里的声音，很友善；或许是北方口音，虽然我分辨不出具体是哪里的。我一直在想我要问她，出声，把问题摆到我们之间；

但我没有。每次话语到舌尖时，我又把它们咽下去，感觉它们咽着食道往下，就像没煮熟的土豆。

过了一星期，又发生了。在夜里。和第一次一样。声音把我叫醒，太逼真了，有那么一刻我觉得自己不在床上或公寓里；我是个孩子，马上就要上学去了，不是吗，所以她把我叫醒，我的姐姐，温柔地，就好像她知道起床是件难事。但就在那时，我坐起来——时间从我身上坠落——单薄窗户上的雨水，闹钟上的红光显示凌晨三点，她在说话，可能已经说了好一阵子，她的语气跟我的姐姐如出一辙（和她年轻时一样），太像了，我感到害怕，是很久都没有过的害怕，就在那时，在恐惧之下，我姐姐的声音里带着某种奇怪的宽慰，她一直在说，没什么实在的内容但说着话，就像广播里的人物，娓娓道来，声音甜美。然后——我的一只脚肯定甩到了床的一边，但我没意识到——她说道：**别起来，格雷斯。还没到起床时间呢。**那不是我母亲或姐姐的声音，是我父亲的，亮如白昼，清如对面公寓在晴天时的窗，我没有对布里奥尼说过的我的父亲，我没有对任何人说过，他在每个词后舌头都会顿一下，他小时候口吃留下的轻微犹豫，让他听上去不那么确定，之后，我的父亲，从餐桌边站起来，他因为某个小细节生气，两粒衬衫纽扣之间的领带新起的褶，他抹上的发油的气味，在我去工作前他工作的酒店的气味，他的呼吸离我的脸如此之近，我能在对着房间轻声说出的话语中感受到，不知为什么很可怕，很有威迫力，我躺回床上，把羽绒被拉过头顶——像个孩子，像还是个孩子的我——不停颤抖，上下牙齿一次又一次咬到我的舌头。**别担心**，**格雷斯**，我的父亲说道，**我很快就来陪你**。我拉下羽绒被，我不在我那熟悉的小卧室，而是我工作过的酒店的某个房间里，红色的床单，空白的窗户。房间的门把手开始转动，门打开了，传来我父亲缓慢、稳健的脚步声。

闹鬼

HAUNTED

我们坐在吧台，聊他死去的妻子。他喝古典鸡尾酒，我喝血腥玛丽，酒辣得我脚底都出汗了。他看上去和坐酒店吧台、聊死去的妻子或公司或关系淡漠的子女的所有男人一样，但有时他说话时的脸会变得柔和，我受到吸引，我平时并不会这样被吸引。他的手很软，很小还很精致，会打手势来表达。

在我长大的地方，有时会有巨大的鳄鱼爬过后花园四周的灌木丛，进到游泳池里。我们会把门锁上，看着它们浸没到水里，起起伏伏。我小时候生病，后来得用拐杖走路。我警惕着几英里外可见的卷起的风暴。这是一片幽灵之地，亡者遍布，当我成年后，我发现自己被人烟稀少的地方，闹鬼的房子吸引。酒店是一首召唤我去的歌，我不得不亲眼来看看。

他把一切有必要说的都告诉了我，我为他感到高兴。明天我会去另一家酒店，我们不会保持联系，因此我们可以在对方身上叠放，沉重的石头，小小的动物，然后再拿走，无须担心会留下印子。我被他的眉毛吸引，很细，在几乎看不见的地方，所以他说话时总是一副很惊讶的表情。他表情惊讶地聊他最想念前妻的什么。你肯定猜不到，是她打呼噜的声音和她随手扔在厨房里的鸡蛋壳。我们又点了酒。酒店酒吧差不多是空的。男人小心地保持距离，但他的话传到了我这里，贴到了我的脸上，双手的动作也让我不习惯。他的悲伤声量巨大。

我们又点了酒。我们再次点了酒。我们置身于不担心、不思考或对健康无所顾忌的时间里。我们的宿醉像在我们头上游过的斑纹鱼，它们闪亮的影子偶尔落到我们头上。酒吧角落里有一家人在玩鬼屋桌游。男人看他们玩，而我在看他。他说："我妻子总是觉得自己被鬼缠身。"这是对话的转折点。此前他一直在告诉我她随意扔在房子里的东西：四散的发夹，阅读用的眼镜，橙子皮。他说她死后，每个房间看上去都有她刚出去的样子，接连好几个月，他不停发现她留下的东西，小的、可怕的、美妙的提醒。他说："在这里变成酒店前，有个女人死在这片土地上，他妻子是那女人的姐妹的后代。从她小时候起，她就觉得她体内有什么不该存在的东西。"

这种对话需要动动身体。我们拿上酒，穿过玻璃门来到花园。他帮我拿我的酒。他比我醉得厉害，笨拙地握着两杯酒，酒洒到了花床和铺在草坪上的汀步石上。他告诉我她妻子体内的那只恶魔。她叫茉利、霍利还是波利来着——他口齿不清——她是直到他们婚后才告诉他她的疑虑。她通常讲道理，情绪稳定，但对于她被上身这件事，怎么也劝不动她。他们吵个不停，有时候吵到最后她会离家出走很多天。

我们绕着酒店散步。快到晚上的时间了，但太阳看上去还要很久才落下，酒店的影子投在地表。我踩到了影子，男人给了我一个怪异的眼色，然后摇摇头，又喝了口酒，继续说话。我大多数时候在听，虽然有些话被血腥玛丽阻隔，我听不清他到底在说什么。

她被上身是因为遗传，就像瞳色和发色的基因会遗传。她和一个被猎巫并沉塘而死的女人有血缘关系，那个池塘在建酒店时被填上了。地里发生的事依然留在大地中，而创伤通过一个孩子的躯体传递。他妻子找到了这一死去的女人的详细信息，开始痴迷于她的故事。他当时不信她，但现在他来到了酒店，因为或许这里还留存了一部分的她，等待他发现。他常常问他妻子，她怎么知道自己被上身的？她很倔，过了很久才告诉他。最终她开口了。首先，她说，有时候她会说出并非她想说的话。第二，她说，有时候她一眨眼就到了她不记得怎么去到或不知道来干什么的地方。第三，她说，她的手不受控制地动，它们会把马克杯打落台面——她的确笨手笨脚的——或剪掉她的头发——她也这么做过几次——或用力地捏自己的手臂——她总是身带淤青，是的。第四，她说，而且这是最重要的一点，她身上长出不该长的东西。她说是酒店让她变成这样的。

我看着他，大笑，等着他也一起笑，但他没有，有那么一刻气氛尴尬。花园在渐逝的日光下很美；因为树和建筑长长的影子而看上去很狂野，我们小心地避开建筑，仿佛知道自己在做什么似的。我又大笑，他耸耸肩。我问他，她觉得长了什么东西？大多数，他说，是绿色的东西。她告诉他，从她小时候起，她的皮肤上就长出草坪、小野草和苔藓，她不得不把它们刮掉。情况很糟糕，她说，她十几岁时，又一次她因为嘴里剧痛醒来，照镜子看到一朵花正在展开，从她脸颊柔软的血肉里长了出来。她说有时候她早上醒来时，她的髋部覆盖着小草芽，脚踝被潮湿的苔藓堆吞没，她起床后得花一小时才清理干净。他叫她给他看，很长一段时间她都不愿意，但慢慢地，她开始给他看：小小的蒲公英，看上去像根系的一小团的东西在皮肤上扩张。

现在，他的眼睛里有那么一丝疯狂，他细嫩的手举到他脸上时看上去像肩胛骨。我后退，稍稍离开他和落到我身上的酒店影子——很冰冷——他直盯盯地，他的手贴住两边的脸颊，一直盯，一直盯，我说，你看什么？他说，没什么。

他说在那之后，他注意到的东西更多了。有时候，她说出的话缠在一起，仿佛她不想说，他注意到她越来越常打破东西：她最喜欢的马克杯从咖啡桌上砸下来，淋浴间的浴帘被撕下。她有时恶毒得让他难以理解，对他的体重或掉的头发还有他在浴室弄出的声响针对性地出口伤人。之后，她会一遍又一遍道歉，说刚刚不是她，她不是故意的。他常常在夜里醒来，发现她不见了，或者她即便在，他掀起被子时她的双脚覆盖着泥巴，她的睡袍沾了烂草渍。她在黑夜里去过什么地方，但他问她时她不愿说。他也开始注意到她皮肤上的东西长得更快了，一天后她的整个身体都会蒙上一层薄薄的绿，她的颧骨上长得最密。

"你和她有点像。"他说道。我们站着不动，他拿着我们的空酒杯，我拿着我的拐杖，觉得过于清醒，这不是我想要的。他在瞄我，然后他摇摇头，说他搞错了。"她长什么样？"我问，他描述了一下，听上去跟我一点也不像。

我们回到酒吧又点了酒，我们走回花园时得穿过酒店的影子，他发出痛苦的声音，还有他斟满的酒杯落在石头台阶上的声音，等我转身，他在大哭，他伸出手，两手贴住我的脸颊，说了一个名字，茉利、霍利还是波利来着，我快速后退远离他，在冰冷的影子里，对着曙光，他说道："等等，别动。"

我从未爱上过一个人，不过有时候对方说出那些话时，我会出于礼貌重复一遍。另一个人的小细节一直令我难以承受，所以我会破坏恋爱关系或允许这段关系淡去，故意忽视信息和生日，假装很忙。我不明白在一间间房里找亡妻留下的发夹有什么意义。

　　是因为影子。是的，我们醉得一塌糊涂，我的嘴里是水泥搅拌机的味道。是影子，不知道为什么让我看上去像男人的亡妻。他站在几步远的地方，我慢慢站进又站出影子，他双手盖住他的嘴，说：是的，那里，现在，不，现在，那里，噢神啊，噢不。我握住他的双手，我们走到影子最深的地方站着。黑暗落下，很快整个花园都会变黑，影子到时候会变成黑暗的一部分。我的脚踝和髋部的皮肤开始变痒，痒得近乎难忍。我抓住他的双手，把它们放到我脸上，在我们接吻时，他眼睛一眨不眨。他的眼睛像石潭。我摸了摸我衬衫下的髋部，新长出了苔藓一样的东西，从我的手下冒出来。我感到她在进入我的身体，像口袋里放进了某个重物。他叫了我秘密的新名字，在我们接吻时，他眼睛一眨不眨，我的皮肤长出草坪来，随着它生长，我感到它在改变我的思维和认知，现在，爱一个人意味着什么，太好了，我终于知道了。

| 母亲 |

MOTHER

在我已故母亲的九十大寿之夜,我入住了酒店。我穿了当年参加她葬礼时的衣服,袖口沾了蛋黄酱,口袋里的手帕沾了睫毛膏。我母亲的声音在我的牙龈里。在大堂,我拨打她的电话号码,听她说话(**我不会接的,别留言了,拜托**),但信号很差,打不通。最后她对我服软了。是即将到来的死亡削弱了她。十九岁后我就没再见过她,但现在,这里有些自拍照,她的头发是像棉花糖一样的水洗紫色,牙齿发黑,齿缝宽大,眼睛模糊,就像朝她在彭德尔山上的房子脏兮兮的窗户吹去的雪。

我不像我的母亲一样易怒。我不像她一样记仇，那股劲儿一点就着。我不像她一样一呼一吸之间都是憎恨。我的眼睛不像她，直到她死后，我才信世上有鬼，在我失眠的时候，她的重量压低了床沿。母亲。我在结冰路面的反射里看到了你，在葬礼上，你坐在我身后，对着我的耳朵吐气说出了一个我不再使用的名字。你想要什么？我没有你那坚定不移的耐心。我听到你齿间薄荷糖被咬碎的声音，闻到你呼出的薄荷味，我不敢转头看你。你想要什么？我捡起地板上褶皱的外套，穿上。

前台的队伍很长，等排到我时，他们不肯给我我想要的那间房。我想释放心里新生的怒火。这是我死去的母亲的怒火，她以前常常大喊大叫，让我的耳朵耳鸣好几个小时。不过我没有，我耸耸肩，拿了剩下的房间，把我的行李拖到电梯里。

我的母亲痴迷，热衷收藏，但不是物件——她的房子在我住的时候几乎是空的，只有镜子映射墙壁——是故事。一到晚上，房子就充盈着笔记本电脑屏幕的绿光，我常常在早上发现她的姿势毫无变化，弓着背，下巴往前伸。我还小时，周末她会去图书馆用打印机，而我就躺在纸堆里，图画书压在身上,直到肚子疼才去找她。她打印了一摞的纸,躁动亢奋。有这么一种说法,她说,即便你离开某处或者甚至在你没去过的地方,你的一部分依然会留在那里。"有这么一种说法。"她说道。

她有一次给我讲了她祖父母房子的地下煤窖的故事。当时她还在上学,校服是格纹的长百褶裙,她忘记做作业了。煤窖只有倾卸槽这一个出口,你得用手指用力抠着向上爬。

我动手术后,她再也没有和我联系过。我在那些聊天网站上找她。我感觉到她在那里,脖子前伸着寻找信息,登陆再登出。她在哪里?"捉鬼23"或者"baddemonok"网站上的东西有时候语气像她,她特有的文风。有几次,我发了私信,假装是陌生人,假装自己是跟他们一样的爱好者。"我太想去那里了,"我会说,"我等不及了。"他们从不回复。他们感知到了我的心虚,来意不真诚。他们知道我不信这些东西。

"你他妈疯了吧。"这是我们最后一次说话时我说的。她双手抓住我的肩膀,不肯松开。有时候她非常用力地推我,我觉得她快把我撕成两半。她的脸凑近我的脸。我能看到她瞳孔中的黄色竖条,像摩尔斯电码里的一道划线,或者更像是一个黄点,我能闻到她衣服的气味,我记得她抓住我时的感觉,然后我从噩梦中惊醒颤抖,我突然想让她撕裂,这样我就能被重塑成她喜欢的东西。"嘘,"儿时的我哭泣时她会说道,"那不是真的。"

她的脸真的凑得很近。

"你就是个洞,"她说道,"里面什么都没有。你以为这是你,但你什么都不是。你就是一条裂缝,随便什么东西都能填满你。"

我的房间很不错,一张大床,一个迷你吧,我一进门电视就开着。尽管我母亲总挂在嘴边,但她从没来过酒店。她总说没钱或没时间,但我知道她是怕来了以后失望。她在我童年的房子里一砖一瓦地构建起酒店,在酒店的客房里穿梭,以至于有时连我的噩梦里都是它:紧锁的房门,从烟囱掉进炉膛的东西。我把衣服放进衣柜,坐在床上等待。暴风雨就像只手平放在玻璃上一样,窗户变得昏暗。我能听到隔壁房间的人在交谈。我拉上窗帘,闪电穿过窗帘,在床上和我的脸上射出暗红色的闪光。我坐等我的母亲。我等待着他们在她的网站上说的细微征兆:噪音,水壶或水龙头打开,寒冷。什么都没有发生。我躺下,整个星期积累的疲惫把我击垮。

我梦到我的母亲掏空我的肚子,爬了进去。她是个孩子,体型小,可以挤进去,而我变得很大,足以容纳她。我能感到她沉甸甸的重量罩住了我。

我醒来后,天很晚了,房间很暗。我打开灯,看镜子里我疲惫的脸,洗手洗脸,再刷牙。我寻找在我睡觉时房子可能发生的任何变化,显示母亲来看过我的某种迹象,但一切如常,而且睡了一会后,我觉得来这里找她真是太荒唐了。我很饿。

电梯满员。有活动在进行中,一个派对或者聚会,人们戴了面具。我站在他们中间,他们冷冷地看我一眼后就转身离开。

酒吧也很忙。我好不容易在吧台一头找到了座位,点了一份汉堡薯条外加一杯水。人群喝酒,情绪高涨,推来挤去。其中有些人把面具扔在地上,他们脸色苍白,神情毫无遮掩,他们的嘴极度渴望。他们让我想起凌晨三点的我母亲,她叫醒我,告诉我关于这个地方的事。"有这么一种说法，听好，有这么一种说法……"

到了早上，我就会离开。我一下子放松了。是的。我会离开。我不会去清扫她的房子或安排她的琐事。我会回家。我大口吃汉堡，想着现在就离开，什么东西都不带，马上开车走人。我死去的母亲不在这里。她在哪里？哪里都不在。她消失了。她没带上我的任何东西就走了。

我吃完了，酒保撤走了我的餐盘，微笑，给我满上了水。我记得小时候的事，不知怎么地，我还记得我母亲小时候的样子，她站在通往她祖父母煤窖的台阶旁，头发扎成整洁的麻花辫。

有人沉沉地坐到了我旁边的吧台椅上，笑嘻嘻地朝我大声说了什么。我转向他们。是一个女人，戴黑色面具，穿蕾丝裙。她语速很快，但室内太吵了。

"对不起，"我对她说，"我听不清。"

"我说，"她说道，"我不敢相信你在这里。你来了！"然后她大笑。

"我想你认错人了。"

她凑近了审视我。她的气味很熟悉，是我以前闻过的香水味。她的红色唇膏花了，她很美，一头银发。

"你说得对。"她说道，又是清脆的笑声，"是我傻了。

你当然是对的。但我们都是另一个人。跟我喝一杯吧？"

"不，我不喝酒。"

"那我就在你边上喝。"她说道，点了一杯尼格罗尼鸡尾酒。

在电梯里，她抬起一条腿，脱下她的鞋，然后另一条腿重复了这一动作。我看着镜子里的她，当她转向我，触碰我的锁骨时，我看到她的手变成了两只，真实的，然后又反射在镜子里。"你是个梦吗？"她说道，酒精让她的瞳孔放大，但她的口齿很清晰，口气清新。"去我房间吧。"她说道。

63号房里，地上四散着衣服，唯一的光源来自桌上打开的笔记本电脑。她亲吻我的额头，我的脸颊，我的手背。她弯腰，牙齿轻碰我的脚，我的脚踝。她卷起我的裤子，露出我的小腿，在那里的皮肤上留下红色的问号印迹。她走到浴室，关上门，一道巨亮的白色光带从门下方显现，有水流的声音。

我躺在床上，床柱上有被砸的凹陷，床单闻上去有股霉味，像留在晾衣绳上的湿衣服。水流声还在，流了很久，久到我以为她要泡澡。我浑身放松，犯困，一边想下床进浴室找她。水面很高，蒸汽从浴缸四边腾起。她脱下了她的秘密皮肤，把它挂到浴帘杆上。她十岁，扎麻花辫，膝盖煤黑，她将近九十岁，穿着挺括的最好的衣服，也是她下葬时的衣服，她红唇裸体浸泡在黏腻的洗澡水中。浴室的门开始打开。

| 故事 |

THE STORY

我在和我的丈夫打电话。酒店里有些地方信号很差,他的声音时有时无。"什么?"当他觉得我声音太轻时说道,"你说什么?"我们结婚二十五年了,去年一直在计划离婚。我们已经超过两个月没见面,但经常在电话里开心地絮叨,我们结婚以来从没这样过。有时一大早他就打电话给我,说:"你看新闻了吗?"然后我们会聊熊猫在动物园里产崽或世界上最吵的鲸。我们不聊离婚或维持婚姻的问题,我们有可能会长期处于这种夹缝中,我们之间的愤怒不知不觉地消逝了。经常会收到他寄来的包裹,是他读过并认为我会喜欢的书。有时他会给我发信息:你觉得怎么样?我从不回信:

我觉得我们是最幸福的。

同样逝去的还有酒店,那是我父亲的产业,在我父亲之前是他父亲的产业,后来由我经营,现在快倒闭了。我曾试图找买家,但没人想买。长期以来,酒店一直有闹鬼的名声,人们来这里看夜里是否会被鬼吵醒。在过去的几年里,酒店名声变坏了,关于酒店的传言也变得不好听,客人不再来了,没有钱赚,而我想做一些不一样的事。我从未在酒店里见过鬼。在一次争吵中,我丈夫说我缺乏想象力。当我告诉接待员我从未在那里见过鬼时,她说并不是每个闹鬼的地方都会在每个人生命中的每个时刻闹鬼。她喜欢钻研塔罗牌和十二星座。

在电话里,我丈夫问:"感觉怎么样?奇怪吗?"

"是的,很奇怪。我是最后一个留在这里的人。"

"真奇怪。说来听听。"

"好的。"我向他描述了搬空家具的房间,光秃秃的接待台,闪亮的厨房,到处都是长长的影子。我描述了漂白剂和空气清新剂的气味。我把所有钥匙都挂在一个巨大的钥匙圈上,拿着一大串钥匙走来走去。

"我有没有告诉过你我和酒店的故事?"我丈夫在电话里说道。我在洗衣房检查插头。当我站直时,膝盖发出啪的一声轻响。

"什么故事?"

"我一定告诉过你。"他说道。他的声音听起来更遥远了,好像在我不知道的情况下,他已经到了另一个国家。有可能是我记错了他的样子,也有可能他在过去两个月里变老了,与我认识他时判若两人。电话线发出咔嗒咔嗒的声音,我意识到他正在以一种陌生的方式低声笑着。

"什么?"

"我正好想起这个故事。你有时间吗?我现在跟你说?"

"好吧。"我说道。我坐在一台洗衣机的边缘。口袋里的钥匙刁钻地卡进了我的大腿,我不得不挪动钥匙才能坐得舒服。在酒店里,我的周围没有任何声音,这很奇怪,因为这里总是充满了嘈杂声,是客人和员工的回音室。我父亲经常举起双手说:"你听到了吗?"他给这种声音取名为"满足",一种轻轻的喃喃自语。我的丈夫开始说话,我无法再专注于自己的回忆,我开始听他说。他在说他以前来酒店接我或送午餐,我能听出他在字斟句酌地回忆。他会走进酒店,不问任何人我在哪里,就一直找,直到找到我为止,然后我们就到外面坐下,我一边吃饭,他一边看我,听我向他讲述我一天的经历。在这段充斥着尴尬和自私行径的婚姻中,这是一个美好的时刻。我们已经忘记了如何交谈,如何向他人谈论彼此。在朋友的晚宴上,我们会走到房间的不同角落,我注意到我们的言行举止缺少了一种默契;我们可能已经形同陌路。他还在说话。我为自己走神而感到难受,他的声音很轻,掠过我的脸庞,他的双手像水,我掐着自己的手臂想集中注意,听清他在说什么。

"有一天我来了,却找不到你。"他正说道,"我做了午餐,带皮烤土豆和金枪鱼,因为我知道你肯定会忘记吃饭。我到处找你,所有正常的地方都找了一遍。以前从没碰到过找不到你的情况。你经常是热闹的中心,所有其他事件的涟漪都向着你。我开始想不通,甚至心烦意乱。现在问谁都来不及了,而且那天酒店似乎真的很安静,我走来走去,越来越安静。我偶尔能见到人,但当我走向他时,他却忙忙碌碌地走开了。我对你很生气;你似乎故意让人找不到。接待台后有一扇红色的门,我以前没有注意过,我想那一定是通往员工休息室的。当我走近那扇门,我好像听到了你的声音,于是我打开门,门后不是一个房间,而是一条走廊,低矮,昏暗,隐蔽在客人的视线之外。我拿着保鲜盒沿着走廊走。走到尽头,我从一扇门里走了出来,走进了似乎是接待区的地方,我似乎绕了一圈。原本安静的地方变得非常热闹,人多了起来,人们提着大包小包,电话铃声此起彼伏。似乎没有人注意到我在找你。厨房里,他们正在剁大块的肉,用力砍着，地板湿滑。我越是四处寻找你，就越发觉这不是以前的那家酒店了。走廊把我带进了一家几乎一模一样的酒店，但不知为何有股陌生感。有一些细微的差别，家具的颜色不一样，有些窗户高了很多，甚至连人的脸都不太对。我走进酒吧，你就在那里。你背对着我，坐在吧台凳上，即使从后面看也很可怕，因为你还是那个你，但你的举止和坐姿不对劲。我看着你——还有，我还拿着那个保鲜盒——就明白了，有什么东西从你的生命中消失了，已经发生了微小的变化，虽然你还是我的妻子，但你也是一个完全不同的人。你在和一个男人说话，我可以看到他的脸，平坦的平面，尖锐的棱角，你伸出手，贴在他的脸颊上，看到你这样做——这个可怕而亲密的举动——我知道你不爱我了。不只是那个替身的你，而是我给带饭的真正的你。你从未爱过我；那只是我们的伪装，因为我们不知道还能做什么。"

我的丈夫不再说话。我坐在洗衣机上，电话放在耳边。我等着他再说些什么，但故事似乎已经结束。

"是梦吗？"我说道。我的声音沙哑得好像我们已经聊了好几天没中断。我清了清嗓子，笑了一下，向他表明我知道这只是个故事，我们可以继续在电话上聊，也许可以谈谈我们在网上看到的动物表情包或我们一直在看的真人秀节目。

"是梦吧。"我又说了一遍,这次更加肯定。

"是个梦?"他说道,"我不知道。"

我从洗衣机上下来,走到外面的接待区。我知道接待台后面没有门,我小心翼翼地没有去看。我已经走遍了整个酒店,是时候离开了。晚霞从高高的窗户射进来,打在地板上形成一道道光束。我走到前门,按下门把手,但门是锁着的。我把电话夹在肩膀和耳朵之间,在钥匙堆里翻找我一直随身携带的那把磨花的大钥匙。找不到。我趴在地板上,把钥匙摊开,摸着每一把钥匙,仔细检查。我能听到电话里丈夫的呼吸声,他有时会在疲惫或紧张时发出轻微的喘息声。

"我在酒吧看到你之后,"他说道,"就不想再穿过那扇门,回到另一家酒店,真正的你——或者说另一个你——正在等我的那家酒店。我不知道该对你说什么。我在酒店里转,看着和那家酒店不同的东西,想该怎么办。我稀里糊涂地走着,我的身体不听我的大脑使唤。在接待区,我坐下来吃保鲜盒里的食物。并不好吃,但我还是吃完了。另一张椅子上坐着一个正在看报纸的人,不知什么时候他放下了报纸,我看清了他就是我。我们看着对方。我从他的脸上看出,他还不知道你的事,不知道你有多不爱我,不知道一切会怎样发展。他身上有一种干净、清新的气质,我很喜欢。他看着,脸上带着这个问题,我明白他想问什么。如果我让他走,他就会穿过那扇门,到另一家酒店去,他会回到这里来找你,这样我就可以待在那里了。我想待在那里,待在另一个地方,我真的想待在那里。"

我找啊找,就是找不到钥匙。我走进酒吧,想打开通往花园的门,但门是锁着的,钥匙也不见了。我能感觉到有什么东西在蠢蠢欲动,可能无法阻挡。我的丈夫正在小声地谈论着别的事,谈他在读的一本书,他觉得我会喜欢,谈他散步时看到的一只狗。我走出酒吧,回到接待区。我并不想这样做,但我的身体把我带到了那里。电话里,在我的丈夫的声音下传来了铃声,低沉而近乎无声。在接待台,我向桌子后面望去,没错,那里有一扇门,一扇红色的门。

| 牧师 |

THE PRIEST

　　我曾在七十年代出演过一部电影，它已经成为一部邪典经典。我在片中饰演一位年轻的乡村牧师，他已经失去上帝的爱，偷偷喝酒，醒来时发现自己躺在田野里，被露水打湿，不知道自己是怎么到那里去的。你可以看我的试镜录像带。他们原本想让一个男人来演这个角色，但我把自己打扮了一下，虽然我演得不好，但我有那么一种气质，也许是绝望。他们把我的胸绑起来，现在我已经登上了最佳酷儿角色排行榜和死前必看的LGBTQI电影排行榜。我没有假扮男人。我觉得我根本就没装。我剪了短发，他们用发油把我的头发往后梳，我为了这个角色意外变瘦，因为我总是忘记吃饭。

影片开头，银幕会黑上两分钟，然后会有声音响起，很轻，然后越来越响。我曾坐在漆黑的影院和阴暗的起居室里，看着观众们不自觉地做动作和变换姿势，随着声音变响，他们变得静止，就是这声音，是的，是树木倒下的声音，是的，一棵树倒下，周围的其他树也随之倒下的声音。

这是一部恐怖片。导演没什么名气，但他们找了个大牌来演母亲的角色，所有人都认为这部电影会大火。我们喝酒狂欢，但也努力工作，熬夜，凌晨又醒过来，一条接一条。我们欣喜若狂，我们知道这部电影很棒，但我们的婚姻破裂，我们都喝得烂醉，我们中的很多人再也没有工作。在影片中，我昏倒在田野里，另一个牧师来找到我，把我带到酒店。那里有个女孩生病了，可能会死。酒店的长廊蜿蜒曲折，铺着红地毯，窗户是空白的。女孩卧病在床，我陪着她和她的母亲度过了一夜，很漫长。女孩身体里有东西，坏东西，酒店里也有东西，夜渐长，我和她母亲身上也有了东西，我们都不好，我们都变坏了，我们被附身了，或者我们已经迷失自我。整部电影几乎都发生在一间酒店客房，63号房。

这家酒店早就因为诡异而闻名，但电影上映之后，它才真的出名了。影迷去那里入住朝圣，你可以睡在影片的拍摄地 63 号房，还可以买到印有酒店照片的 T 恤。酒店被烧毁后，人们仍然会去那里，参观它的旧址，看看这片土地上是否有什么奇怪的东西，网上也有关于他们发现了什么的故事，疯狂的动物，来自大地的文字。有时我发现自己很想回到那里，真的很想开车，一路开到那个绿树成荫的地方。我知道人们为什么对酒店如此着迷，一次又一次地回到那里。我明白了。

拍摄过程事故不断。胶卷全丢了，我们不得不重拍所有的场景；原本使用的酒店房间腐烂，女孩开始咳嗽，我们不得不搬到 63 号房。我们都住在酒店里，我和扮演母亲的女人睡在一起，我被困在漫长的迷宫梦境中，梦里我迷路了，找不到出路。

我绕来绕去还没说到正题。我能尝到那天晚上我嘴里的味道。我的手不停颤抖，因为我还没有喝过酒，我的台词老是出错，结结巴巴。那个孩子从来没有演过电影，是个古怪的、安静的小东西，就像一只迷路的小猫，瞪着一双大眼睛，总是冷不丁地出现。拍完电影后，我一直有打听她的下落，有传言说她疯了，或者搬到了澳大利亚。扮演母亲的女人自杀后，这部电影又出名了，因为她是大明星，人们开始更频繁地住酒店。她每晚凌晨三四点之间都会打电话给我，但我没有接，因为我知道，如果我和她说话，我就会想起在63号房拍摄当晚发生的事——那样我就无法继续活下去了。

我想她是无法继续活下去了。

我们当时正在拍摄几个棘手的场景，导演清理了大部分布景，我还记得我们进去时房间里的气味，就像烧焦的洋葱。女孩已经在那里，化好妆，躺在床上，看起来病恹恹的，扮演母亲的女人也在那里。在那场戏中，母亲和我在浴室里，当我们出来时，我们以为女孩已经死了，我们在里面时她就已经死了，然后她醒了或者起死回生了，然后发生了打斗，我找到了上帝，或者我说我找到了上帝，但上帝不在，他不会来的，女孩下了床，攻击母亲，用她的手撕掉了母亲嘴里的一颗牙齿。这一幕结束时，地板和墙壁上都是血迹，这是影片的一个高潮，在这之后一定发生了某种变化。

拍摄从一开始就出了问题。夜幕降临，我们的脸和肩膀都感觉沉重而潮湿。浴室里镜子的角度很奇怪，我不断地从镜子里看到自己可怕的面容，坑坑洼洼的皮肤和湿漉漉的嘴巴。镜子里扮演母亲的女人看着我，嘴里念叨着什么，但当我把脸转向她时，她又看向别处。我明白了——这不是电影里的，而是我强烈的感受——房间里不止我们两个人，有四个人，镜子里显示的是我们的替身。我拍了很多条才拍好。我在水槽里时真的犯恶心了，他们保留了这个镜头，我看到了我的脸朝前，扮演母亲的女人穿着睡袍坐在浴缸边上，一边抠指甲一边看着我。灯光是黄色的，墙壁很近而且在跳动。在我感到不舒服时，母亲告诉我她想要的生活，说有时她想象着女孩会死，然后她就能实现这些愿望。我在网上看到了她在这一幕中说的一句台词表情包。她伸出双臂，说：我很快就到。一遍又一遍。

在影片中，女孩死了或者没死。母亲跪在地上号叫，却没有发出任何声音。我正试着做心肺复苏，我能看到女孩的眼睛在眼睑下移动。然后她睁开眼睛，伸手掐我的脖子，她大笑起来，我想挣脱她，因为她力气大得不正常。这就是影片中发生的事。母亲从地板上站起来，一遍又一遍地叫女孩的名字，听起来快不像一个词了，她试图把女孩的手从我的脖子上拿开，我快窒息了，我意识到。不是在电影里，而是现实。她比以前更强壮了，她的眼睛就像旋转的黑色餐盘。我无法呼吸。母亲在喊叫，然后女孩松开手，像一只小狼一样四肢着地站了起来，向母亲扑去。她把双手伸进母亲的嘴里，母亲发出咕噜咕噜的声音，这是场景设计好的效果。我想帮忙，但我还没喘上气，然后我知道情况不对劲，因为那位母亲的眼睛盯着我，我去帮忙，然后有血喷溅出来，那个女孩拿着一颗牙齿，不是假牙，而是扮演那位母亲的女人的真牙，有人在大喊大叫，我意识到那是我。然后所有的灯都熄灭了。他们几乎把这一切都保留在了电影里。虽然后来打了官司，吵得很凶，但他们把这些都保留了下来。

我知道，当我死后，我会去到一个和那间房一样黑暗的地方。灯光熄灭后，什么都没有拍下来。有人在摸索、东西被撞倒的声音，我站着一动不动，当我张开嘴想说话时，却发现自己说不出话来，我被吓呆了。有手放在我脸上，潮湿的手，有人爬到我身上，用胳膊搂住我的双肩，然后开始对着我的耳朵说话，嘴紧贴着我的耳朵。是那个女孩。她一直在说，我什么也做不了，只能听她说。她告诉了我一切。她不仅知道第二天或下周会发生什么，还知道很多年后会发生什么。她告诉我我一生中会做的每一件事，每一个重复的日子，每一个跌跌撞撞的早晨，每一个错误，每一个遗憾。在她的话里，有一种活生生的东西从她的身上移到了我的身上，现在正活在我的身体里。我能感觉到它在我的胃里，蜷缩着，移动着，以我为生。眼泪顺着我的脸流下，但我无法动弹，然后灯光再次亮起，导演在说着什么，女孩又回到了床上，头一点一点地快要睡着，地板上和我的手上都没有血迹。扮演母亲的女人正看着我，我明白她知道，她听到了她的人生轨迹，她看到了一切。

有时，我试着告诉别人那天晚上发生了什么。我想，如果能大声说出来、让别人知道会是一种解脱。但直到现在，我都无法说出口。话到嘴边又干涸了，或者我发现自己说起了别的事。我知道，现在我大声说出来了，这些话也在你心里，在你体内。对不起。我很抱歉把它们给了你。我现在无法收回它们。它们属于我，也属于你。你感觉到它们了吗？你能感觉到它们在你体内吗？

电影

THE FILM

这是沼泽地酒店的最后一个故事。

影片以一个车窗外的镜头开始。高速公路、其他驶过的汽车、巴士、货车、灌木丛、服务站，车窗上的倒影，是一个人拿着摄像机，没有脸，只有伸展的手臂。某个旁白说："开始了，开始了。"

镜头中看不到的是，车内弥漫着他们刚吃过的赛百味三明治和希安洒在鞋上的汽油味；感受不到空调的冰冷和难以控制，也感受不到胳膊和腿下的座椅的粗糙，感觉很重，难以操控。

影片未经剪辑，因此接下来的画面是一系列快速闪过的旅程，汽车和他们的声音，希安开车时的后脑勺，凯伦转过身看着镜头时咧开的大嘴巴，凯莉的膝盖、某人的手——指甲涂成海蓝色——放在收音机旋钮上，某人在电话里对父母撒谎的声音。前窗外，道路越来越窄，远离公路的交叉口，低矮的树枝在车顶上发出噼啪声。"我们要去哪里？"其中一个人喊道，然后凯莉的脸出现了，镜头转向她，拉近。"我们要去酒店。"她说道。

他们走后，留下的东西比你原本设想的要少。影片发布在了网上，社交媒体网站，然后传播得更隐蔽：博客、暗网。他们的脸就像已经死亡的恒星，但依然散发出光亮，说者无心，但他们的话现在变得意义深远。当然，留下的还有生活中偶然变得意义非凡的装饰品。凯莉学生宿舍里光秃秃的床垫，床脚是一团脏兮兮的床单，床下散落着一包包薯片，袜子抽屉里叠着一沓钱。希安家的窗户开着，雨水打进来，弄脏了地板，那痕迹就像手印一样。凯伦卧室里垃圾桶的臭味，她还没有倒掉，已经发霉了。她们在电影上映前几天发的电子邮件，简短地回复了家人的长篇留言，恳求教授论文延期。冰箱架上喝了一半的牛奶，伴侣或朋友的未接来电。

酒店首次出现在视频中是透过车窗的一抹灰烬。建筑物的影子在树林中若隐若现，她们兴奋的惊呼声，摄像机摇晃的镜头里酒店时而出现时而消失。从外观上看，酒店很不起眼：外面围着铁丝网，窗户用木板封着，下面的地面上散落着破碎的屋顶瓦片。屋顶上还保留着十多根灰白色的长烟囱，一圈宽阔的白色破损石阶通向挂着锁的前门。花园已经荒芜，泥泞不堪，树木纠缠在一起，石墙上长满了常春藤和其他蔓生植物。他们三人四处游荡，寻找入口，偶尔还能从破窗或烂门的缝隙中看到里面的情况，房间里可能漆黑一片。她们彼此喊话，大多数内容都听不见，但当她们最终来到窗户前时——没有木板，玻璃碎了——里面很安静，摄像机关闭了，所以没有他们进去的视频记录，也无从得知她们一个接一个爬上腐烂的窗台，落到窗后冰冷的环境是什么感觉；那种气味，她们自己的呼吸声，她们出于某种敬畏而压低的声音。

从她们电脑上的资料，Word 文档以及三人的邮件往来来看，她们在计划前往酒店时似乎就已经了解了酒店的大部分历史。在一封特别的邮件中，希安写道，她们应该把谈话内容打出来，整理她们的发现，这样当电影拍完时，她们就可以说明她们为什么去那里，她们在寻找什么，她们希望找到什么。接下来的邮件就像乱麻，来来回回，重复着同样的想法，重复着她们听到的故事。这些邮件经常在深夜发来，涉及她们三人刚开的一次会，早些时候的一次讨论，她们突然的灵感。她们要去酒店，因为在她们调查过的所有地方中，酒店的过往最令人心惊。她们要去酒店，是因为这是最后一次有人见到希安的母亲。互联网上充斥着关于酒店的警告，但人们依然去了又去，回了又回。这些警告在暗示，这种引力不仅存在于活人中，而且在死后持续。简单地说：她们想拍闹鬼的地方。她们对这一描述十分犀利。她们希望用镜头捕捉不确定的、神秘的、其他事物的印记，幽灵般的重复，隐秘的迹象。这里被遗漏的是埋藏在其他句子下面的句子，是隐藏在视线之外的词语。她们很少说"我害怕我们会发现什么"。尽管她们的确害怕。凯伦使用的睡眠应用程序显示，她们出发前，她每晚只睡三个小时；凯莉给她女友发的消息通常是不安焦虑的。在一些邮件中，希安向她们讲述了自己和酒店渊源，她的母亲在她儿时曾在那里做守夜人，后来她的母亲离开或失踪了。

她们现在进入了酒店。摄像机的顶部一定绑着一个手电筒，因为随着摄像机的移动，光线也在移动，在物体的边缘，倒下的椅子，虚掩的门，打碎的瓶子上汇集，跳动。光线还捕捉到另外两个人小心翼翼前行的身影，她们时而弯腰凑近去看什么，她们自己的手电筒偶尔照到摄像机，画面被白色遮盖。她们一边走，希安一边断续讲述她们看到的一切：天花板有些地方坍塌了，这样向上看，镜头就能看到电线缠绕在一起，楼上其他房间的边角；有些地方家具堆了起来，就像准备要点篝火。当她们走近楼梯时（在邮件中，她们一直很明确要去63号且应该尽快赶到那里），凯伦开始谈论她们可能会看到什么，可能会发现什么。希安插话，表示不同意。镜头向前移动，手电筒的光在楼梯上前行，楼梯有的地方完全断裂，危险，蜿蜒；现在镜头晃动，拍到了手，举起的胳膊，一张回望的脸，曾经洁白的墙上发霉的痕迹，她们的声音忽近忽远，第一条走廊越来越长，两边的门或开或闭，通向远处。镜头里，有东西在移动——她们没有看到——一个身影，在那里，从她们经过的一个门口向外张望，然后消失了。这就是开始。有可能知道即将发生什么的开始。知道她们将前往63号房。知道她们一定会去63号房。

上楼，沿着下一条走廊，再上楼，一直走。偶尔会向房间里望去,但现在大部分时间都在加快速度,摄像机有时只能看到凯莉的脚在地板上走动。怪异的时刻,她们或许看到了,或许只有摄像机拍到了:希安或凯伦出现在一个地方,微笑着回头看,片刻后又出现在另一个地方;希安似乎在前面摔倒了,痛叫出声,片刻后又站在那里,神情迷茫,好像什么都没发生过。通往六楼的门倒在地上,被砸坏了。在录像中,她们的身影时隐时现,她们的声音从不同的地方传来,交叠缠绕,有时声音非常响亮清晰,就像直接对着麦克风说话一样。凯莉默念门上的数字,但63这个数字不见了,或者她们没有找到,只好倒回去再找一遍,这一次她们终于找到了,门开着,手电筒的光照在钉得歪歪扭扭的数字上,凯伦在房间里叫着她们的名字,只不过她不在房间里,她就在那里,在她们身边。

录像里看不到的是她们恐惧的汗味和她们四周酒店的恶臭,还有她们脚下似乎快要裂开的地板,以及她们伸手触摸墙壁时的感觉,混杂着泥土的粗粝。录像里看不到的是那些回到酒店的死者,他们聚集在一起,试图触摸他们。

她们在房间里了,虽然没有任何镜头显示她们是如何进入房间的。房间的墙壁完全发霉变黑,镜头摇摆不定,看不清任何东西。混乱，视线中断，她们的脸，她们的脸，有人的手遮住了视线，希安正在哭喊，哭喊，她说："你在这里做什么？你在这里做什么？"凯伦说："希安，停下，你弄疼我了。"镜头进入浴室，浴室比酒店其他地方保存得更好，墙上写着：很快就到。摄像机在不停旋转。有人说："着火了，着火了。"

在她们失踪后的六个月里，她们的父母——还有希安的祖母——经常出现在新闻中，希望她们回家。根据他们的五官很容易辨认出他们的孩子：希安的鼻子，凯伦的眉毛，凯莉的下巴。他们希望别人能提供信息，希望女孩们能回家，并保证她们不会有事。大家默认她们是出于害怕离家出走，因为她们不小心放火烧了酒店。有酒店被烧毁、消防员忙来忙去的画面，以及烧毁后空无一人、一片漆黑的场景。影片的画面没有公开，但不知何故被放到了网上，被一群在幽暗地下室的青少年传看，或被女孩们的父母和朋友看到了。她们的老师。怀疑论者和信徒。有时凯莉的妈妈早上醒来，会发现床边的记事本上写着：很快就到。她从未去过酒店，但她总有一天会去的，她很快就会去的。

| 致谢 |

这本小说集最初是为第四电台创作的。非常感谢贾斯蒂·威利特，她和我一起创作了这些故事，并出色地完成了制作和选角工作。感谢所有演绎这些故事的了不起的演员，尤其是玛克辛。

感谢在乔纳森·凯普出版社和艾特肯·亚历山大公司辛勤代理和出版我作品的所有人。你们专业敬业，万分感谢。

特别感谢克里斯·威尔贝洛弗。

致我的家人和朋友。

致马特，一如既往。致我们的孩子们。

图书在版编目（ＣＩＰ）数据

酒店 /（英）黛西·约翰逊著；邹欢译. -- 上海：上海文艺出版社，2025. --（黛西·约翰逊作品）.
ISBN 978-7-5321-9259-5

Ⅰ. I561.45

中国国家版本馆CIP数据核字第202529A1U7号

THE HOTEL by DAISY JOHNSON
Copyright: © 2024 BY DAISY JOHNSON
through BIG APPLE AGENCY, INC., LABUAN, MALAYSIA.
Simplified Chinese edition copyright:
2025 by Shanghai Literature & Art Publishing House Co., Ltd.
All rights reserved.
著作权合同登记图字：09-2024-0235号
本书为上海文化发展基金会资助项目。

责任编辑：曹　晴
封面设计：朱云雁

书	名：	酒店
作	者：	［英］黛西·约翰逊
译	者：	邹欢
出	版：	上海世纪出版集团　上海文艺出版社
地	址：	上海市闵行区号景路159弄A座2楼　201101
发	行：	上海文艺出版社发行中心
		上海市闵行区号景路159弄A座2楼206室　201101　www.ewen.co
印	刷：	启东市人民印刷有限公司
开	本：	890×1240　1/32
印	张：	4.875
插	页：	2
字	数：	51,000
印	次：	2025年5月第1版　2025年5月第1次印刷
Ｉ Ｓ Ｂ Ｎ：		978-7-5321-9259-5/I.7263
定	价：	49.00元

告　读　者：如发现本书有质量问题请与印刷厂质量科联系　T:0513-83349365